Als der junge Robert Walser um 1900 zu schreiben anfing, war das Angestelltenleben gerade erst im Kommen. Als Auszubildender in einer Bank hatte er das ›Bureau‹ als etwas irritierend Neues erfahren. Es erscheint als Inbegriff eines fremdbestimmten und sinnentleerten Lebens und bildet zugleich den Ort, an dem die Fantasien und Träume ansetzen, mit denen sich der Dichter die Wirklichkeit aneignet.

Das einst als Schreckgespenst gezeichnete Heer der Angestellten ist heute längst Wirklichkeit geworden, das Gesetz des Büros prägt unser Leben. Wie die Bürokratie-Satiren von Melville, Gogol oder Kafka werfen auch Robert Walsers hier erstmals versammelten Erzählungen über Angestellte ein ebenso erhellendes wie erheiterndes Licht auf das, was uns im Innersten zusammenhält: die Rationalisierung und Disziplinierung der Arbeitswelt.

Robert Walser, 1878 in Biel in der Schweiz geboren, arbeitete in verschiedenen Banken und Versicherungen in Zürich und anderen Städten. Erste Gedichte erschienen 1898. Nach Erscheinen seines ersten Buches *Fritz Kocher's Aufsätze* ging er 1905 nach Berlin, wo er seine drei Romane *Geschwister Tanner* (1907), *Der Gehülfe* (1908) und *Jakob von Gunten* (1909) veröffentlichte. Nach einer psychischen Krise gab er das Schreiben Anfang der dreißiger Jahre auf und lebte den Rest seines Lebens als fast vergessener anonymer Patient. Er starb am 25. Dezember 1956 auf einem Spaziergang im Schnee.

insel taschenbuch 4087
Robert Walser
Im Bureau

Robert Walser
Im Bureau

Aus dem Leben der Angestellten

Ausgewählt und mit einem
Nachwort versehen
von Reto Sorg und Lucas Marco Gisi

Insel Verlag

Umschlagabbildung: Felix Edouard, Felix Feneon in ›La Revue Blanche‹
© Private Collection/Giraudon/The Bridgeman Art Library

insel taschenbuch 4087
Originalausgabe
Erste Auflage 2011
© dieser Ausgabe Insel Verlag Berlin 2011
Alle Rechte vorbehalten, insbesondere das der Übersetzung,
des öffentlichen Vortrags sowie der Übertragung durch
Rundfunk und Fernsehen, auch einzelner Teile.
Kein Teil des Werkes darf in irgendeiner Form (durch Fotografie,
Mikrofilm oder andere Verfahren) ohne schriftliche Genehmigung
des Verlages reproduziert oder unter Verwendung elektronischer
Systeme verarbeitet, vervielfältigt oder verbreitet werden.
Vertrieb durch den Suhrkamp Taschenbuch Verlag
Umschlag: Michael Hagemann
Satz: Hümmer GmbH, Waldbüttelbrunn
Druck: CPI – Ebner & Spiegel, Ulm
Printed in Germany
ISBN 978-3-458-35787-2

1 2 3 4 5 6 – 16 15 14 13 12 11

INHALT

Im Bureau 9
Der Commis 10
Ein Vormittag 26
Das Büebli 34
Der Gehülfe 40
Germer 49
Helblings Geschichte 55
Der arme Mann 71
Poetenleben 75
Helbling 86
Der Sekretär 91
Der junge Dichter 94
Erich 97
Acht Uhr 101
〈Die Bühne ist ein Büro〉 104
Herren und Angestellte 116
Aus dem Leben eines Commis 120
Das Krankhafte 124
Die Verkäuferin 125
〈Lebenslauf〉 127

Nachwort 129
Textnachweise und Anmerkungen 143

IM BUREAU

Der Mond blickt zu uns hinein,
er sieht mich als armen Kommis
schmachten unter dem strengen Blick
meines Prinzipals.
Ich kratze verlegen am Hals.
Dauernden Lebenssonnenschein
kannte ich noch nie.
Mangel ist mein Geschick;
kratzen zu müssen am Hals
unter dem Blick des Prinzipals.

Der Mond ist die Wunde der Nacht,
Blutstropfen sind alle Sterne.
Ob ich dem blühenden Glück auch ferne,
ich bin dafür bescheiden gemacht.
Der Mond ist die Wunde der Nacht.

(1897/98)

DER COMMIS

Eine Art Illustration

> Der Mond scheint zu uns hinein,
> Er sieht mich als armen Commis – –

Obgleich im Leben eine sehr bekannte Erscheinung, ist der Commis doch noch niemals zum Gegenstand einer schriftlichen Erörterung gemacht worden. Meines Wissens wenigstens nicht. Er ist vielleicht zu alltäglich, zu unschuldig, zu wenig blaß und verdorben, zu wenig interessant, der junge schüchterne Mann mit der Schreibfeder und Rechentafel in der Hand, um den Herrn Dichtern als Stoff zu dienen. Mir indessen dient er gerade. Es war mir ein Vergnügen, in seine kleine frische, wenig abgegraste Welt zu schauen, und darin Winkel zu finden, die so schattenhaft heimlich von der sanften Sonne beschienen sind. Gewiß habe ich meine Augen bei diesem schönen Ausflug zu wenig aufgetan, bin an vielen lieblichen Plätzchen vorbeigelaufen, wie es ja geschieht auf Reisen. Aber habe ich nur einiges von dem Vielen aufgezeichnet, so muß zwar das Lesen des Wenigen noch nicht geboten sein, aber es dürfte doch immerhin erfrischend und nicht zu ermüdend wirken. Entschuldige, Leser, daß ich dir vorrede. Aber Vorreden sind nun einmal eine Sucht von lustigen Schriftstellern. Also weshalb eine Ausnahme machen? Leb' wohl und verzeih mir.

Karneval

Ein Commis ist ein Mensch zwischen achtzehn und vierundzwanzig Jahren. Es gibt ältere Commis, die aber hier nicht in Betracht fallen. Ein Commis ist in seiner Kleidung wie in seiner Lebensweise ordentlich. Unordentliche fallen außer Betracht. Übrigens gibt es verschwindend wenige von letzterer Sorte. Der rechte Commis legt gewöhnlich keinen reichen Witz an den Tag; er wäre ein mittelmäßiger Commis, wenn er es täte. Ein Commis erlaubt sich in Bezug auf Ausschreitungen äußerst wenig; feuriges Temperament ist in der Regel nicht seine Sache, dagegen besitzt er Fleiß, Takt, Anpassungsgefühl und eine Menge Eigenschaften, die so köstlich sind, daß sie ein so demütiger Mann, wie ich bin, nicht oder kaum zu erwähnen wagt. Ein Commis kann ein sehr herzlicher und herzhafter Mensch sein. Ich kenne einen, der bei einer Feuersbrunst eine hervorragende Rolle im Rettungswesen gespielt hat. Ein Commis ist im Handumdrehen ein Lebensretter, geschweige denn ein Romanheld. Warum werden Commis so spärlich zu Helden in Novellen gemacht? Ein Fehler offenbar, der endlich einmal ernstlich der vaterländischen Literatur unter die Nase gehalten werden muß. In der Politik, sowie in allen öffentlichen Fragen hat der Commis seine gewaltige Tenorstimme wie nichts. Jawohl, wie nichts! Etwas muß besonders hervorgehoben werden: Commis sind reiche, prächtige, ursprüngliche, herrliche Naturen! Reich in jeder Beziehung, prächtig in vielem, ursprünglich in allem und herrlich sowieso. Sein Talent zu schreiben macht leicht einen Schriftsteller aus dem Commis. Ich kenne zwei, drei, deren Traum, Schriftsteller zu werden, bereits in Erfüllung gegangen ist, oder noch gehen wird. Ein Commis ist eher ein treuer Liebhaber als treuer Biertrinker, sonst steinigt mich. Zum Lieben besitzt er eine besondere Neigung, und in jeder Art Galanterie ist er Meister. Ich habe einst ein Fräulein sagen hören, sie möchte lieber mit allem andern, als mit einem Commis eine Heirat schließen. Das hieße nur Elend versorgen. Ich aber sage, dieses Mädchen muß einen schlechten Geschmack und ein noch abscheulicheres Herz gehabt haben. Ein Commis ist in jeder Hinsicht empfehlenswert. So reinen Herzens ist kaum ein Geschöpf unter der Sonne. Besucht ein Commis etwa mit Vorliebe aufwieglerische Versammlungen? Ist er je so liederlich und anmaßend wie ein Künstler, so geizig wie ein Bauer, so protzig wie ein Direktor? Direktor und Commis sind zwei verschiedene Dinge, Welten, so weit voneinander entfernt wie Erde und Sonne. Nein, eines Handelscommis' Gemüt ist so weiß und reinlich wie der Stehkragen, den er anhat, und wer hat schon einen Commis mit anders als tadellosem Stehkragen gesehen? Ich möchte wissen, wer?

Immer noch Verkleidung

Schüchtern kann der Poet sein, der, von der Welt verachtet, sich in seiner einsamen Dachkammer die Manieren, die in der Gesellschaft gelten, abgewöhnt hat, aber ein Commis ist noch viel schüchterner. Wenn er vor seinen Chef tritt, eine zornige Reklamation im Munde, weißen Schaum auf den bebenden Lippen, sieht er da nicht wie die Sanftmut selber aus? Eine Taube könnte ihr Recht nicht milder und sanftmütiger verfechten. Ein Commis überlegt hundert-, ja tausendmal, was er unternehmen will, und nur, wenn er sich vor eine Entscheidung gestellt sieht, zittert er vor Tatendrang. Dann wehe jedem, der sein Feind ist, wäre es selbst der Herr Direktor! Sonst aber ist ein Commis nie mit seinem Los unzufrieden. Er führt mit Behagen sein stilles Schreibdasein, läßt Welt Welt, und Streitereien Streitereien sein, ist klug und weise, und sieht aus, als ob er sich in sein Schicksal ergäbe. Bei seiner eintönigen und einfarbigen Beschäftigung hat er nicht selten Gelegenheit zu spüren, was es heißt, ein Philosoph sein. Er hat, vermöge seiner ruhigen Natur, das Talent, Gedanken an Gedanken zu reihen, Einfall an Einfall, Blitzidee an Blitzidee, und mit bewundernswerter Gewandtheit koppelt er seine Gedankenkolosse wie einen Güterzug von unabsehbarer Länge zusammen, vorn Dampf, hinten Dampf, und so sollte es nicht vorwärtsgehen? Über Kunst, Literatur, Theater und andere nicht gerade sehr propere Dinge weiß demnach der Commis mit richtigem Urteil, mit vielem Takt und vieler Besonnenheit stundenlang zu reden. Nämlich im Bureau, wenn er glaubt, sich ein bißchen der Allgemeinheit widmen zu sollen. Schießt dann der Chef mit Donner und Hagel hinein, was zum Teufel es da so eifrig zu disputieren gäbe, husch, ist das intelligente, seitenlange Gespräch weg und der Commis wieder er selbst. Das ist sicher, ein Commis ist äußerst verwandlungsfähig. Er kann rebellieren und gehorchen, fluchen und beten, sich winden und trotzen, lügen und die Wahrheit sagen, schmeicheln und aufprotzen. In seiner Seele finden die mannigfaltigsten Empfindungen so gut Platz wie in den Seelen anderer Menschen. Er gehorcht gern und widersetzt sich leicht. Für letzteres kann er jedesmal nichts; (Ich wiederhole mich zwar nicht gern, aber:) – denn gibt es etwas Sanfteres, Willigeres, Gerechteres auf Erden als ihn? Für seine Bildung ist der Commis besorgt und wie! Den Wissenschaften, den zeitraubenden Wissenschaften widmet er einen großen Abschnitt seines Lebens, und er würde sich gekränkt fühlen, wollte man leugnen, daß er auch hierin ebenso gut glänze, wie in Dingen seines eigenen Faches. Obgleich Meister in seinem Fach, schämt er sich, es zu zeigen. Diese schöne Gewohnheit führt ihn manchmal sogar so weit, daß er lieber ein Dummkopf als ein Überlegener erscheinen will, was ihm oft unverdiente, vorschnelle Rügen zuzieht. Aber was schadet das einer stolzen Seele!

Gelage

Die Welt und das Wirkungsfeld eines Commis ist das enge, schmächtige, karge, trockene Bureau. Die Werkzeuge, mit denen er meißelt und schafft, sind Feder, Bleistift, Rotstift, Blaustift, Lineal und allerhand Zinstabellen, die sich einer näheren Beschreibung gerne entziehen. Die Feder eines rechtschaffenen Commis ist meist recht spitz, scharf und grausam. Die Schrift ist meist sauber, nicht ohne Schwung, ja, sogar manchmal zu schwungvoll. Beim Ansetzen der Feder zaudert ein tüchtiger Commis einige Augenblicke, wie um sich gehörig zu sammeln, oder wie um zu zielen wie ein kundiger Jäger. Dann schießt er los, und wie über ein paradiesisches Feld fliegen die Buchstaben, Worte, Sätze, und ein jeder Satz hat die anmutige Eigenschaft, meist sehr viel auszudrücken. Im Korrespondieren ist der Commis ein wahrer Schelm. Er erfindet im raschen Fluge Satzbildungen, die das Erstaunen von vielen gelehrten Professoren erwecken dürften. Aber wo sind diese süßen Schätze echt volkstümlicher Sprachbegabung? Einfach untergegangen! An Commis dürfen sich unbescheidene Dichter und Gelehrte wohl sanft ein Beispiel nehmen. Sie sind es, die Dichter namentlich, die hoffen, mit jedem Sprachfetzen, den sie absetzen, berühmt und entschädigt zu werden. Wie viel edler und reicher ist da die Handlungsweise und das Benehmen der Commis, die, so ärmlich sie auch äußerlich auftreten mögen, doch einen Reichtum besitzen, der wahrhaft üppig genannt zu werden verdient. Reich sein heißt noch lange nicht, in den Augen der oberflächlichen Welt als reich erscheinen. Und wahrhaft arm sein heißt, reich scheinen müssen, wenn man alle Merkmale einer kargen und bösen Armut in sich trägt. Dies ist offenbar zugunsten unseres diesjährigen Günstlings, des Handelscommis, gesprochen, aber verdient er es etwa nicht? Ein guter Rechner und Haushalter ist der Commis ohne allen Zweifel. Ihr Frauen, warum macht ihr euch nicht beizeiten an solche Männer? Ein guter Rechner ist meistens ein guter Mensch, das beweist ein Commis zehnmal im Tag. Spitzbuben und Landstreicher können ihr Lebtag keine Addition ordentlich erfüllen. Exakt zu rechnen ist einem liederlichen Menschen rein unmöglich. Man sieht das meistens an Künstlern, die ich so ziemlich alle für liederlich halte. Wenn ich den Commis vor Augen habe: wer vermöchte da noch zu bestehen? Ein Commis versteht in der Regel sieben bis acht Sprachen recht perfekt. Er spricht spanisch wie ein Spanier und deutsch wie er selber. Ist dagegen irgendeine spöttische Einwendung zu machen? Im Notieren seiner Einnahmen und Ausgaben, seiner Empfindungen und Beobachtungen, seiner Gedanken und Einfälle ist der Commis einzig. Er kann dergleichen bis ins Lächerliche treiben. Sonst aber findet jeder Wohlwollende nur Schönes und Nachahmenswertes an ihm. Die Welt, worin der Commis arbeitet, ist eng, seine Werkzeuge sind kleinlich, seine Tätigkeit verschwindet wesentlich vor andern Tätigkeiten. Nun sagt, ist das etwa kein hartes Schicksal?

Ein neuer Gesellschafter

Der verehrte Leser gestatte, daß ich ihm ein Exemplar aus meiner Handelsmenagerie vorstelle. Es ist ein Commis von ungefähr zwanzig Jahren, einer von den hoffnungsvollsten. Sein Eifer und Fleiß haben noch keinen Schlag von der Tücke der Zeit erlitten. Sein Streben in allen nützlichen Sachen blüht wie eine Rose, und was die Farben seiner echt handelsmäßigen Denkweise betrifft, so geben sie den feurigen einer Tulpe nichts nach. Ich sehe ihn jeden Morgen, Mittag und Abend beim Essen, und nach dem Betragen beim Eßtisch ergibt sich vieles. Er benimmt sich fast zu tadellos. Er könnte wohl hie und da etwas Flegelhaftigkeit wie süße, gelbe Sonne durchschimmern lassen, aber fällt ihm nicht ein. Geschieht das absichtlich, um mir eine bequeme Zeichnung seiner Person zu erschweren? Merkt der Bursche, wohinaus es mit ihm soll? Ah, Commis sind schlau! Jedermann wird zugeben, daß es für mich viel schwerer ist, sein tadelloses Wesen zu nüancieren, als wenn er sich nicht einwandfrei darstellte. Fehler und Schwachheiten an einem Menschen bieten einem schreiblustigen Autor die beste Gelegenheit, rasch zu Witz zu kommen, also rasch berühmt zu werden, also rasch Vermögen zu machen. Mein Statist hier scheint mir eine Karriere zu mißgönnen, aber warte Bursche, wir wollen dich schon anpacken. Der Wahrheit soll deswegen auch kein Härchen gekrümmt werden. Die feste Wahrheit ist und soll tonangebend bleiben. Unser Mann ißt wenig, alle gescheiten Leute tun das. An der Unterhaltung beteiligt er sich nur vorsichtig, wiederum ein Zeichen vorteilhafter Klugheit. Seine Worte kommen nicht, sie schleichen aus seinem Mund; nun, was kann er dafür? Vielleicht ein Fehler im Bau seiner Lippen. Er ißt mit Delikatesse, die Führung von Löffel, Messer und Gabel versteht er ausgezeichnet. Er wird rot, wenn von Unflätigem die Rede ist, eine feine Übung! Er wagt es niemals, als der erste vom Tisch wegzuspringen, das läßt er sehr taktvoll Ältere tun. Er sieht sich beständig beim Essen um, mit dem freundlichen Wunsche, jemand mit einer Handreichung zuvorzukommen. Welcher ebenso Hochgestellte täte das? Sagt ein Erfahrener am Tisch einen halben Witz, so lacht er höflich; sagt dagegen ein Lehrbursche einen ganzen, so schweigt er. Er denkt gewiß so: Was sollten halbe Witze machen, wenn man ihnen nicht mit dienstfertigem Lachen zur Tür hinaus und aus der Atmosphäre heraus hülfe? Ganze mögen unbelacht bestehen. Und dann: Wäre es nicht schrecklich, dazusitzen und ältere Leute erröten zu sehen, weil ihr Ausspruch keinen Anklang gefunden? Leser, du mußt zugeben, dieser arme einsame Commis denkt sehr edel! Ja, beim Essen studiere ich mit Vorliebe meine Leute. Noch eins: das Äußere unseres Mannes entspricht seinem Tun; und, da dieses nicht unwürdig ist, wie wir sehen, kann jenes auch nicht unschön sein.

Stumme Minuten

Oft kommt es dazu, daß ein Commis stellenlos wird. Er ist entweder gejagt worden, oder er hat, was weit öfters geschieht, freiwillig seinen Abschied genommen. Dies tun die unruhigern Naturen unter diesem Volk, und es sind meist unglückliche Menschen. Man verachtet einen brotlosen Arbeiter lange nicht so wie einen stellenlosen Commis, und das hat seine Gründe. Ein Commis, solang er in Stellung ist, ist ein halber Herr; außer Stellung sinkt er zu einem linkischen, überflüssigen, lästigen Nichts herab. Man betrachtet ihn als einen verkommenen Menschen, zu nichts mehr anstellbar auf der Welt, und das ist sehr traurig und ungerecht. Freilich muß eine gewisse, unbestreitbare Liederlichkeit in ihm liegen, etwas Böses, Schadhaftes in seinem Charakter; aber ist deshalb der ganze Mensch zu nichts mehr nütz? Gottlob, es gibt wenig dieser herabgekommenen Handelsbeflissenen, sonst möchte es schlimm mit der öffentlichen Ordnung und Ruhe stehen. Hungernde Commis sind eine der schrecklichsten Erscheinungen. Hungernde Arbeiter sind lange nicht so schrecklich. Arbeiter können vom Platz weg immer wieder Beschäftigung finden, Commis niemals, wenigstens nicht in unserem Lande. Ja, lieber Leser, in diesem Aufsatz, in welchem ich dir von den armen verachteten Stellenlosen berichte, vermag ich den spaßhaften Ton der früheren Abschnitte nicht aufzunehmen, es wäre auch zu grausam. Was tun meistens stellenlose Commis? Sie warten! Sie warten auf neue Anstellung, und während sie warten, martert sie die Reue, die ihnen im kältesten Ton Vorwürfe macht. Gewöhnlich steht ihnen niemand bei, denn wer will etwas mit so unsauberem Gesindel zu schaffen haben? Es ist traurig, ich kenne einen, er war sechs Monate stellenlos. Er wartete mit fiebernder Angst. Der Briefbote war ihm Engel und Teufel; Engel, wenn er seine Schritte seiner Haustür näherte, Teufel, wenn er achtlos vorbeischritt. Dieser Commis fing an, aus verzehrender Langeweile Gedichte zu schreiben, und er hat deren einige schöne gemacht. Er war eine feine, empfindliche Seele. Ob er jetzt Stellung hat? Nein, er hat sich neuerdings aus der neuen Stellung gestrichen, so blöde und unklug ist er. Es muß eine Art Krankheit bei ihm sein, daß er es nirgends aushalten kann, und einige, die Einsicht in derlei Sachen haben, sagen ihm ein schlimmes Ende voraus. Kein Zweifel, er wird zugrunde gehen. Man sieht daraus, unter den viel belächelten, unbedeutenden Commis gibt es auch sehr tragische Schicksale. So wunderbar ist die Natur! Nicht einmal ein Commis ist ihr zu gewissen Zwecken zu wenig. Wenn dir das Weinen kein Ekel ist, Leser, oder du, sanfte Leserin, wenn du einmal über einen Kummer weinst, so vergiß nicht, eine Träne aus deinen süßen Augen dem Commis aufzubehalten, der die heillose Krankheit hat, die ich dir oben beschrieben habe.

Ein Brief zum Besten

Liebe Mutter! Du fragst mich, wie es mir in meiner Stellung behagt? O ganz gut soweit. Die Arbeit ist eine leichte, die Leute sind höflich, der Chef ist streng, aber nicht ungerecht, was kann man mehr verlangen! Ich habe mich sehr rasch in mein Feld hineingearbeitet; der Buchhalter sagte mir es neulich, ich mußte lachen. Saure und böse Stunden gibt es auch, aber die muß man nicht allzu schwer nehmen. Wofür besitzt man Vergeßlichkeit! Ich erinnere mich mit Vorliebe guter und schöner Stunden, lieber und wohlwollender Gesichter, so freue ich mich immer doppelt und zehnfach. Freude scheint mir das Wichtigste und Köstlichste und am meisten wert, dem Gedächtnis aufzubewahren. Was hindert mich denn, das Traurige so schnell als möglich zu vergessen? Ich habe gern recht viel Arbeit um mich herum. Sobald ich träge sein muß, werde ich mißmutig und traurig. Dann denke ich, und das Denken ohne Sinn und Zweck stimmt traurig. Schade, daß ich nicht mehr zu tun habe, ich wäre so gern ganz von der Arbeit in Anspruch genommen. Ich muß überhaupt beständig in Anspruch genommen sein, sonst fängt es an, in mir zu rebellieren. Du verstehst mich, nicht wahr? Ich habe gestern zum erstenmal mein neues schwarzes Kleid getragen. Es stehe mir vortrefflich, sagen alle Leute. Ich war auch stolz darin und habe mich beinahe nicht mehr wie ein Commis betragen. Aber das läuft auf eins hinaus. Commis bin ich nun doch vorderhand, und werde es wohl noch lange bleiben. Was schwatze ich da! Will ich denn etwas anderes sein? Ich begehre nicht hoch hinaus in der Welt, ich habe nicht die nötige Figur zu etwas Hohem. Ich bin so schüchtern, liebe Mutter, so rasch mutlos, nur die Arbeit läßt mich alles vergessen. Manchmal habe ich so Sehnsucht, wie soll ich es nur nennen? Dann ist mir nichts recht, dann mache ich nichts recht. Aber, liebe beste Mutter, das ist auch nur, wenn ich müßig sein muß. Man beschäftigt mich zu wenig. O ich fühle es so gut, daß im Müßiggang die Sünden lauern. Bist du gesund, liebe Mutter? Ja, du mußt gesund sein, du mußt gesund bleiben. Du sollst sehen, wieviel Freude ich dir noch mache. Wenn ich dir nur tausend und tausendmal Freude machen kann! Wie schön doch Gott die Welt gemacht hat. Sieh, wenn ich mir Freude mache, mache ich sie zugleich dir. Arbeit ist meine einzige rechte Freude, mit Arbeiten komme ich tüchtig vorwärts, und mein Vorwärtskommen macht wieder dir Freude. Leb wohl. Wenn ich etwas anderes als diese Worte wüßte, um dich von meinem ehrlichen Bestreben zu überzeugen, ich würde nicht verfehlen, es anzuwenden. Aber ich weiß, du hältst das Beste von mir. Du gute Mutter. Adieu, Adieu!

Dein gehorsamer Sohn.

Lebendes Bild

Eine Bühne! Ein kahles, peinlich sauberes Bureau. Pulte, Tische, Stühle, Sessel. Im Hintergrund ein großes Fenster, durch welches ein Stück Landschaft mehr hineinfällt, als hineinsieht. Rechts im Hintergrund die Tür. Links und rechts einfache Wände, an denen die Pulte stehen. Mehrere Commis sind beschäftigt, wie man sich im wirklichen Leben beschäftigt sieht: Bücher auf- und zuschlagen, Federn anprobieren, husten, zischeln, lächeln, leise fluchen, in sich hinein wüten. Ein junger blasser Commis von auffallender Schönheit und von auffallend anmutigen, stillen Gebärden handelt stumm im Vordergrund. Er ist schlank, hat schwarzes Lockenhaar, das um seine Stirne wie lebendig spielt, und feine schmale Hände: ein Commis für einen Roman. Er selber aber scheint keine Ahnung von seiner Schönheit zu haben. Bescheiden und schüchtern sind seine Bewegungen, leise und furchtsam seine Blicke. Er hat schwarze, tiefschwarze Augen. Manchmal spielt um seine weichen Lippen ein freundliches, schmerzliches Lächeln. In solchen Momenten, das empfindet der Zuschauer lebhaft, ist er hinreißend schön. Man fragt sich, was will der junge schöne Künstler hier im Bureau? Merkwürdig, man muß ihn unbedingt für einen Künstler halten, oder dann für ein armes Aristokratenkind. Beides ist fast das gleiche. Nun schießt der breitschultrige, wohlgenährte Chef hinein, die Commis sind in ihre momentanen lächerlichen Haltungen, die sie sogar teilweise kompromittieren, festgebannt, so beherrschend wirkt auf diese Menschen der Eintritt ihres Vorgesetzten. Nur der Schöne tut wie sonst: unbekümmert, arglos, unschuldig! Der Chef wendet sich aber gerade an ihn, und, wie es deutlich erkennbar ist, recht unfreundlich. Der Schöne errötet vor dem Rohen, Gewaltigen. Dieser schießt wieder hinaus, die Commis atmen auf, jener aber ist dem Weinen nahe. Er kann Vorwürfe nicht ertragen, so zart ist seine Seele. Weine doch nicht, Schöner, geht ein seltsames Empfinden durch die Herzen der Zuschauer: weine doch nicht, Schöner. Namentlich Frauen empfinden das. Ihm aber laufen große Tränen aus den schönen Augen, die feinen Wangen hinunter. Er stützt den Kopf und versinkt in Nachdenken. Unterdessen ist es Feierabend geworden; die Landschaft im Fensterrahmen wird dunkler und dunkler. Sie deutet es also an. Die Commis verlassen mit fröhlichem Geräusch ihre Plätze, legen das Werkzeug zusammen und springen davon. Dies geschieht sehr schnell, so wie es in der Wirklichkeit ebenfalls zu geschehen pflegt. Nur der Schöne bleibt, in seinem Nachdenken versunken. Armer, einsamer Schöner! Warum bist du Commis? Hat die Welt keinen besseren Platz für dich, als das enge, dumpfe Bureau? Nun mußt du nachdenken, nachdenken, ach, und unterdessen fällt der tote, grausame, alles tötende Vorhang. –

Traum

Ein Commis hat mir einmal folgenden Traum erzählt: Ich befand mich in einem Zimmer. Plötzlich gingen die Wände des Zimmers auseinander. Ich starrte. Ein Wald von Eichen flog herein, und in dem Wald war es so düster, so schwarz. Dann verbog sich der Wald, etwa so, wie sich eine Seite von einem großen Folianten umbiegt, und ich befand mich auf einem Berg. Ich stürmte mit meinem Kameraden, ebenfalls einem Commis, den Berg hinunter. Wir gelangten an einen schwarzen, nebligen See und warfen uns zwischen dem Schilf ins schmutzige kalte Wasser. Da rief von oben eine helle Frauenstimme, wir sollten doch hinaufkommen. Wie sich das in meine Ohren hineindrang! Ich ging aus dem Wasser, stürmte den steilen, felsigen Berg hinan, zog mich an kleinen Baumstämmen heftig hinauf; unter mir spürte ich die immer wachsende, schauerliche Tiefe. Ich wollte mich eben über den letzten steilen Felsen emporschwingen, aber ich sank: der Felsen war weich wie ein Stück Tuch, gab nach, senkte sich mit mir, dem Klammernden, dem Abgrund zu. Ein unendliches Schmerzgefühl durchbohrte mich. Ich sank und sank, und befinde mich am Ende wieder in dem Zimmer vom Anfang. Es regnet draußen. Die Tür geht auf, und eine Frau tritt herein, die ich von früher her sehr gut kenne. Wir sind auseinandergekommen. Ich habe sie, oder sie hat mich gekränkt, was tut das zur Sache? Aber nun ist sie so lieb, so freundlich; sie tritt lächelnd gerade auf mich zu, setzt sich nahe zu mir, umschlingt mich, und sagt, nur mich allein von allen Menschen der Erde habe sie lieb. Ich denke flüchtig an meinen Kameraden. Aber ich bin so glücklich, daß ich ihn nicht lange im Gedächtnis behalten kann. Ich fasse die Frau um den schönen schlanken Leib, fühle die Art ihres Stoffes, Kleidstoffes, und sehe ihr in die Augen. Diese sind so groß und so schön. Habe ich je ein ähnliches Glück gehabt? Trotzdem es regnet, gehen wir spazieren. Ich presse mich an sie, und es scheint mir, als wolle sie mich noch näher an sich heranziehen. Was für ein weicher, tönender Körper! Welches Lächeln von den Lippen! Welche Übereinstimmung von Leib, Bewegung, Sprache und Lächeln! Wir sprechen so wenig. Ihr seltsames Kleid scheint zu mir zu sprechen. Seltsam: es kommt uns kein Sinn ans Küssen. Die Überraschung in unserer Liebe ist vielleicht noch zu heftig. Was weiß ich! Sie, die ich mir für immer verfeindet glaubte, nun in meinen Armen zu haben, den Duft dieser geliebten Hände mein zu wissen, das geht über mein Fassen, fast über mein Fühlen. Wir treten wieder ins Zimmer. Der Kamerad sitzt da; sieht uns erstaunt an und geht fort. Haben wir ihm wehe getan? Ich frage mich das. Sie aber stürzt wie eine geknickte Blume zu meinen Füßen, küßt mir die Hände, will nur mich, mich allein von allen Menschen der Erde lieb haben – – – Dies habe ich von einem Commis.

Erklärung

Vorliegende Blätter sind mehr Laune, Windspiele und Empfindung, als gewissenhafte Zeichnung. Einen gewissen Ernst wird indessen auch der Ernsthafteste darin vorfinden. Ich will nun zum Schluß noch versuchen, trocken darzulegen, wie mir die Welt, in die ich mich so unbesonnen hineingetanzt habe, vorkommt. Commis sind im allgemeinen ebenso naive wie tüchtige Leute. Laster findet man unter ihnen sehr selten. Etwas Spaßhaftes muß ihnen anhaften, sonst hätte ich, der ich sie so ziemlich gut zu kennen glaube, gewiß keinen Anlaß gehabt, im Eingang dieser Blätter über sie zu lachen. Aber es sollte mich wundern, wenn jemand diesem Lachen Bosheit entnehmen könnte. Commis sind sehr achtenswerte Leute, und daß man ihnen in öffentlichen Dingen weniger Bedeutung schenkt, als dem Studenten oder dem Künstler, hat mit dem Gefühl lediglicher Achtung nichts oder wenig zu tun. Sie tun ihre Arbeit in Ruhe, Zurückgezogenheit und Bescheidenheit, ein Vorzug, der namentlich ihnen und auch andern sehr wohltut. Sie haben Gefühl für Freundschaft, Familie und Vaterland. Die Natur lieben sie. Sie ist ihnen ein überaus wohltuender, angenehmer Gegensatz zu der Enge und Geschlossenheit ihres Arbeitsfeldes. In Dingen schöner Kunst sind sie durchweg bemüht, sich ein natürliches, einfaches Urteil zu bilden. Die Dichter und bildenden Künstler ihres Landes sind ihnen nicht gleichgültig. Es gibt Stände, die viel mehr Hochachtung und öffentliche Vorteile als sie genießen, die aber in Dingen des natürlichen Geschmacks viel weiter zurück sind, als sie, die weniger Bevorzugten. Sie stammen meistens aus den guten Familien des Landes. In politischen Angelegenheiten wissen sie mitzureden; sie tun es herzlich, aber vernünftig. Das Studium der Landesgesetze erscheint ihnen als eine unumgängliche Pflicht, und ihr Gedächtnis und ihren Verstand strengen sie weit mehr an, sich solches einzuprägen, als die Angehörigen einer bevorzugten Klasse. Sie sind gutmütig und höflich und zugleich freisinnig. Gegen Niedere sind sie sehr freundlich, gegen Höhergestellte wissen sie ihren Wert und Standpunkt zu verteidigen. Sie haben etwas wie Eitelkeit an sich, die sich leicht erkennbar gibt; nun, das gerade schätze ich an ihnen. Eitel ist jeder Mensch von nur einiger Intelligenz, und der ist am eitelsten, der zu verstehen geben will, er sei es nicht. Lastern gegenüber verhalten sie sich als peinlich genaue, saubere und gewissenhafte Menschen meist kalt ablehnend. Daß sie auch ihre Fehler haben, werden sie selbst gewiß nicht leugnen wollen. Wer hätte sie nicht! Aber es liegt mir daran, zumeist das sie Empfehlende hervorzuziehen. Spricht man doch viel häufiger übel als wohlwollend von den Menschen. Nun, ich verstehe das nicht. Mir wenigstens macht es ein viel größeres Vergnügen, Welt und Menschen zu schätzen und zu verehren, als zu mißachten und zu bespotten. Mit diesen Worten, so hoffe ich, habe ich die vorige, etwas übermütige Art, vom Commis zu sprechen, wiedergutgemacht. Ich wünsche es von ganzem Herzen. *(1902)*

EIN VORMITTAG

Es gibt Vormittage in Schusterwerkstätten, Vormittage in Straßen und Vormittage auf den Bergen, und letztere mögen so ziemlich sicher das Schönste auf der Welt sein, aber ein Bankhausvormittag gibt entschieden noch mehr zu denken. Nehmen wir einmal an, es sei Montagvormittag, das ist nämlich von allen Vormittagen der Woche der vormittäglichste, und der Montagvormittagsduft kommt in Buchhaltereien großer Bankinstitute vortrefflich zur Verteilung.

Da sind in so einem Saal an die zehn bis fünfzehn Pultreihen mit Gängen zum Revuepassieren, an jedem Doppelpult arbeitet ein Paar Menschen. Man pflegt von Schuhpaaren zu reden, warum sollte es nicht auch gelegentlich einmal in der Ordnung sein, wenn man von Menschenpaaren spricht? Zuoberst im Saal steht das Pult des Vorstehers. Der Abteilungschef ist ein sackdicker Mann mit ungeheuerlichem Gesicht auf dem Rücken. Das Gesicht stemmt sich unmittelbar, ohne des Halsansatzes zu bedürfen, an den Rücken, und es ist brandrot und scheint immer zu schwimmen. Es ist zehn Minuten nach acht, Chef Hasler überfliegt mit ein paar gutgezielten Blicken den Raum, um zu prüfen, ob alle da sind. Zwei fehlen, und das ist natürlich wieder der Helbling und der Senn.

In diesem wichtigen Moment schießt Buchhalter Senn, ein hagerer, spitzer Mann, hustend und pustend herein. Hasler kennt diesen Husten, das ist ganz einfach die Bitte um Entschuldigung. Wenn die Menschen zu stolz und zu verbohrt sind, den Mund aufzutun, um sich anstandshalber zu entschuldigen, husten sie. Senn steckt mit rasender Behendigkeit seine Nase in seine Bücher und tut, als sei er bereits stundenlang an dem Arbeitchen. Zehn Minuten sind wieder vergangen. Es ist zwanzig nach acht. »Unerhört sei doch das jetzt bald«, denkt Hasler, da tritt Helbling auf.

Ganz und gar vermontaget, bleich und verwirrt im Gesicht, und schießt wie ein Pfiff an seinen Ort und Stelle. Wirklich, entschuldigen, das hätte er sich können. In Haslers Teich oben, will sagen Gehirn, taucht folgender Gedanke wie ein Laubfrosch auf: »Das hat nun aber bald jetzt keine Art mehr.« Er geht leise zu Helbling und stellt sich hinter ihm auf und fragt ihn, warum er nicht, wie die andern, zur rechten Zeit erscheinen könne. Das nehme ihn denn doch bald jetzt einmal wunder. Helbling erwidert kein Wort, er hat es sich bereits seit geraumer Zeit zur Gewohnheit gemacht, die Fragen seines Vorgesetzten einfach unbeantwortet zu lassen. Hasler kehrt wieder auf seinen quasi Aussichtsturm zurück, von wo aus er die Buchhaltung dirigiert.

Halb neun. Helbling zieht seine Sackuhr hervor, um ihr Gesicht mit dem Gesicht der großen Bureauuhr zu vergleichen. Er seufzt, es sind erst zehn kleine, winzige, dünne, zarte, spitze Minuten verflossen, und vor ihm stehen dicke, behäbige Stunden. Er bemüht sich, zu versuchen, ob es ihm möglich sei, den Gedanken zu fassen, daß er jetzt arbeiten müsse. Der Versuch mißlingt, aber der Versuch hat immerhin das Gesicht der Uhr ein wenig verschoben. Es sind weitere fünf zierliche, liebe Minuten dahingeschwunden. Helbling liebt die Minuten, die gegangen sind, aber dafür haßt er die, die noch kommen, und die, die ihm den Anschein erwecken, daß sie nicht recht vorwärts machen wollen. Er möchte solchen faulen Minuten jedesmal Stöße versetzen. Er prügelt in Gedanken die Minutenzeiger tot. Den Stundenzeiger wagt er überhaupt nicht anzuschauen, er hat sonst Anlaß, zu fürchten, er werde ohnmächtig.

Ja, so ein Bankhausvormittag, so eine Welt zwischen Pulten. Sonne schimmert draußen. Jetzt aber geht Senn zum Fenster, er hat jetzt genug, wie er sich ausdrückt, und er reißt barsch und aufbegehrerisch die beiden Flügel auf, um Luft hereinzulassen. Das sei noch kein Wetter zum Fensteraufmachen, bemerkt Hasler zu Senn hinüber. Der dreht sich um und spricht Worte zu seinem Chef, wie sie eben sich nur ein langjähriger Angestellter oder Beamter erlauben darf. Aber bald wird es dem Hasler zu dick, und er verbittet sich »diesen Ton«. Das Gefecht ist damit abgebrochen, das Fenster geht zur Hälfte wieder sanft zu, Senn murmelt ein paar Worte zu sich, jetzt herrscht für einige Zeit Frieden.

Fünf Minuten vor neun. Wie entsetzlich langsam für Helbling die Zeit geht. Er fragt sich, warum es jetzt nicht ebensogut schon neun Uhr sein könne, das wäre wenigstens schon eine Stunde, es gäbe nachher noch mehr als genug. An diesen fünf Minuten schält er so lange herum, bis sie langsam vorüber sind; jetzt schlägt es neun. Jeder Schlag, den das Werk macht, wird von einem Seufzer aus Helblings Mund begleitet. Er rupft seine Taschenuhr hervor, sie hat ebenfalls neun, diese doppelte Bestätigung macht ihn traurig. »Ich sollte eigentlich nicht soviel auf die Uhr schauen, das kann nicht gesund sein«, denkt er und fängt an, seinen Schnurrbart zu liebkosen. Das merkt einer seiner Kollegen, Meier vom Land, dieser wendet sich zu Meier von der Stadt hinüber und sagt leise zu ihm: »Ist das nicht eine Schande, wie jetzt der Helbling wieder seine Zeit totschlägt.« Ein Rechteck von Köpfen dreht sich auf diese geflüsterte Bemerkung hin nach der Richtung um, wo Schnurrbärte gedreht werden. Diese Bewegung wird von Hasler beobachtet, bald weiß er Bescheid, er geht leise zu Helbling und stellt sich zur Abwechslung wieder einmal hinter ihm auf.

»Was machen Sie da, Helbling?«

Und jetzt antwortet der freche Mensch wieder nichts. »Sie können wohl so gut sein und mir antworten, wenn ich Sie etwas frage. Das ist mir jetzt bald ein Benehmen, das. Zuerst kommen Sie eine halbe Stunde zu spät (Helbling sagt: »Das ist nicht wahr« und will fortfahren: »ich bin nur zwanzig Minuten zu spät gekommen«), dann besinnen Sie sich noch, ob Sie arbeiten sollen, und schließlich wollen Sie noch aufbegehren. Das kann nicht mehr so weitergehen. Zeigen Sie, was haben Sie geleistet.« Und Hasler prüft mehr mit dem Kinn als mit den Augen, was jetzt Helbling anfangs getan hat. Er bemerkt drei Zahlen und den Versuch zu einer vierten. Ob das alles sei? Helbling sagt, er habe den guten Willen gehabt, zu arbeiten, aber wenn er keine rechten Federn mehr habe, so sei es schwer, vorwärts zu kommen. Dann solle er sich doch gefälligst, wenn es ihm etwa bald einmal passend erscheine, Federn anschaffen. Faule Ausrede. Und Hasler schwimmt in seine Festung zurück. Dort angelangt, zieht er einen Apfel aus dem Pult und arrangiert ein zweites Frühstück. Helbling nimmt Gelegenheit, schnell einmal »auszutreten«. Meier vom Land macht seine Kollegen auf Helblings »Austritt« aufmerksam.

Volle dreizehn Minuten, es ist ihm genau nachgerechnet worden, ist Helbling »draußen« geblieben. Während dieser Zeit haben sich an die zehn jüngere und ältere Kollegen der Reihe nach an des Ausgetretenen Pult und Leistung herangemacht, um die drei Zahlen anzuschauen. Einen Moment später weiß es die ganze Buchhaltung, daß Helbling in einer

Stunde drei Zahlen fertigbringe, Meier vom Land ist von Pult zu Pult gegangen und hat die Sache zu allgemeiner Verbreitung gebracht. Einer geht »hinaus«, um zu sehen, was »er« mache. Später tritt dieser Er wieder ein.

Inzwischen ist es halb zehn geworden. Von draußen her tönt eine helle, schöne weibliche Stimme in den Saal hinein, es ist anscheinend eine Sängerin, die übt. Ja, in der Nähe, so vielleicht zwei Häuser weiter dem Bahnhof zu, das kann stimmen. Einige von den Bureaulisten heben die Federhalter aufrecht und überlassen sich dem Genuß des Zuhörens. Helbling scheint auch wieder einmal musikliebend zu sein. Außerdem gähnt er jetzt mehrere Male. Eine Sekunde später tätschelt er sich mit der flachen Hand auf die Backe, um Zeit verstreichen zu lassen. Das Tätscheln erstreckt sich über zirka fünf volle Minuten. »Jetzt tätschelt er sich«, tuschelt Meier vom Land in das Ohr von Meier aus der Stadt. »Herrliche Stimme das, da draußen«, meint Glauser, einer der Arbeitenden. Die frauliche Singstimme ruft ein gewisses Geräusch im Saal hervor. Der Chef der Korrespondenz, Steiner, hört ebenfalls zu, und das will etwas heißen. Auf Haslers Treppenabsätzen von Lippen glänzt Apfelsaft wie auf wirklichen Treppen gelbes Wachs, das wischt er sich jetzt mit seinem rotgewürfelten Schnupftuch ab. »Schöne Stimme von draußen her! Draußen ist Luft und Natur!« Der kleine Glauser denkt das, er ist dichterisch veranlagt. Helbling geht zu Glauser hinüber, in der bestimmten Absicht, durch einen kleinen Spaziergang Zeit totzumachen. Schließlich schwatzt Glauser auch gern ein bißchen, obschon er ein Streber ist, der sich beständig Mühe gibt, Haslern zu gefallen. Hasler treibt Helbling mit Blicken an seine Wirkungsstätte zurück, aber es sind immerhin wieder zwölf Minuten gestorben. Auch der Gesang ist gestorben.

Alle diese Leute im Saal wissen nicht, was sich da unten auf der Straße bewegt. Und die Wellen draußen im nahen See, was machen sie, und der Himmel, wie kann er aussehen? Einzig Senn, der leicht zum Aufbegehren Geneigte, der struppige, zugespitzte Revolutionär, erlaubt sich, ein Momentchen lang seinen Kopf an die frische Luft zu führen. Dafür wird er aber von der Kapitänskabine aus mit einem zischenden, langgezogenen Laut gestraft: »So etwas!« Hasler schüttelt seine Parkanlage oder Kopf mißbilligend hin und her, worauf Senn, um dem Hasler wieder einmal so recht eins zu putzen, ohne Veranlassung in seinen Büchern mit dem Radiermesser zu radieren beginnt, was der Chef auf den Tod hinein haßt.

Zehn Uhr! »Erst die Hälfte«, denkt Helbling mit dem Gefühl, eine Unsumme von Melancholie zu unterdrücken. Jetzt, jetzt möchte er brüllen. Ob er wohl gut täte, wieder ein bißchen »auszutreten«? Er wagt es nicht recht. Dafür bückt er sich jetzt an den Boden herab, gleichsam, als habe er etwas fallen lassen, wovon keine Rede ist. In der tiefgebückten Haltung verharrt er ganze vier Minuten, als hätte dieser Zeitraum gerade genügt, seine Schuhe zu binden oder einen Bleistift aufzulesen. Ihm ist schaurig zumute. Er fängt an, sich vorzumalen, es sei zwölf Uhr. Auf den Schlag zwölf würde er augenblicklich die Feder wie ein Erdarbeiter seine Schaufel fallen lassen und davonrennen, wie gottvoll. Indem er sich so seinen Träumereien hingibt, ist Hasler abwechslungsweise hinter ihn geschlichen, um ihn zu beobachten.

»Was machen Sie da?«

»Ich bin jetzt am ›Ausland‹-Zusammenstellen.«

»Ich glaube, Sie sind bald eher im Ausland als am ›Ausland‹-Zusammenstellen. Wenn Sie aber jetzt nicht bald arbeiten, so will ich dann einmal ganz andere Saiten aufziehen. Schämen Sie sich, und nehmen Sie sich zusammen. Wenn alles Ermahnen jetzt nichts nutzt, werde ich mit Herrn Direktor ein Wort reden, passen Sie gut auf. Lassen Sie es sich gesagt sein.«

Und das Walroß wirft sich wieder auf seine Sandbank zurück. Der ganze Saal ist angenehm aufgeregt, ein Konflikt Helbling–Hasler bringt immer wieder von neuem erwünschte Luftveränderung. Helbling schrittwechselt zu Meier vom Land hinüber und bittet ihn, ihm behilflich zu sein, Zahlen abzulesen. Nach dem Zahlenablesen ist es (o, zersprängen doch jetzt die Adern der Welt!) halb elf Uhr geworden. Eine feierliche Blechmusik geht unten in der Straße vorüber, alles rennt an die Fenster, es ist der Zug, der die Leiche eines früheren Bundesrates auf den Friedhof begleitet. Selbst der für das meiste Geschehen unempfindliche Chef der Korrespondenz ist aufgesprungen, um hinunterzuschauen. Dieses Vorkommnis ist mit fünfzehn Minuten in Anrechnung zu bringen. Jetzt ist es dreiviertel elf. Helbling ist halb unvernünftig geworden, er tupft alle Augenblicke seine Stirn an den Rand des Pultes und netzt sich die Nase mit Tinte, damit er mit Abwischen Zeit verschlingen kann. Zehn Minuten sind verrieben worden, jetzt sind es noch vier entzückend wenige Minuten bis elf. Diese vier Minuten werden einfach eine nach der andern abgewartet. Um elf Uhr tritt Helbling »schon wieder« aus. Er sei wieder einmal ausgetreten, der Lump, heißt es in der Mitte des Saales. Viertel zwölf, zwanzig nach elf, halb zwölf.

Der kleine Glauser sagt zu Senn, jetzt sei es halb zwölf und, wie er eben bemerkt habe, habe der Helbling noch überhaupt keinen Streich getan. Meier vom Land geht zu Hasler, um ihn zu benachrichtigen, daß er heute eine halbe Stunde früher fortgehen müsse, weil er einen durchaus notwendigen Gang zu besorgen habe. Helbling hat sich umgedreht und lauscht dem Gespräch zu. Er beneidet Meier vom Land wahnsinnig. Von der Straße her tönen die Räder von schnellfahrenden Wagen herauf, gegenüber dem Saal erscheint in einer Fensteröffnung die Figur eines teppichbürstenden herrschaftlichen Dieners, Helbling verbringt jetzt eine gute Viertelstunde damit, dort hinüberzuschauen. Zum noch Anfangen mit Arbeiten ist es jetzt seiner Meinung nach doch wohl zu spät. Senn macht sich abdampffertig, Helbling sieht zu, wie sich Senn abfliegefertig macht. Zwei Minuten vor zwölf setzten sich verschiedene die Hüte auf und wechseln die Röcke, Helbling ist bereits auf der Straße, Hasler ist schon fünf Minuten vorher gegangen. Der Vormittag ist überstanden.

(1907)

DAS BÜEBLI

Er ist Bankkommis und ein kleiner Kerl, »Säubübli« von seinen Kollegen genannt, eine Benennung, die er mit scheinbarer Gleichgültigkeit erträgt. Etwas Geringfügiges schwebt um seine Gestalt, und eigentlich ist er nur eine Figur, keine Gestalt, nur ein menschliches Etwas, keine Erscheinung. Ein bißchen ländlich beträgt er sich, und er stammt in der Tat auch vom Land, sein Vater verträgt in dem Dorf, wo er her ist, die Briefe. Es soll also wohl oder übel auch etwas Pöstliches an ihm sein, ja, beinahe, aber dies kommt ungefähr so schwach zum Ausdruck, wie die Mienen an den Personen eines schlechtgeschriebenen Romanes, oder wie das Lächeln eines jener geriebenen Menschen, die nicht mit den Lippen, sondern mit den Ohrlappen zu lächeln pflegen. Im übrigen heißt unser Statist Glauser, Fritz mit Vornamen. Er nimmt Fechtstunden, »so ein Dräckbürschli«. Seine Körperhaltung ist infolgedessen eine recht gute, die Haltung schulmeistert beständig das, vermöge dessen sie da ist, den Körper, und der kleine, gute Glauser-Körper läßt sich ruhig und ergeben von der unzufriedenen Geist-Haltung kommandieren. An der Haltung merkt man etwas, und am Körper belächelt man etwas, und an Glauser will man immer etwas auszusetzen haben.

So zum Beispiel sagt man, er sei ein Streber, was ja nun allerdings ein wenig wahr ist, aber sein Strebertum ist ein feines und bewußtes, es korrespondiert mit den »Fechtstunden«. Er strebt danach, seinen Herren Abteilungschefs und Meistern Vorgesetzten zu gefallen. Keine üble Idee, aber in den Augen des Kollegen Senn, des »aufrührischen Vasallen«, ist das gemein. Den säuerlich dampfenden und kochenden Atem seines Meisters Hasler verträgt Glauser, wenn derselbe unvermutet hinter ihm steht, mit Bravour, ja sogar mit Liebe, denn er sagt sich: »Anstandshalber habe ich gegen solcherlei Atemübungen nichts einzuwenden. Ein besserer Duft wäre mir lieber. Aber wenn Chefs so atmen, so nehme ich's hin.«

Er ist klug, und er hat Charakter, er kennt keine Torheiten. Seinen weiteren Kollegen Helbling verachtet er, aber vorsichtig, und seinen noch weiteren Kollegen Tanner hält er für einen netten Kerl, aber für prinzipienlos. Helbling will nicht arbeiten, Tanner bezweckt nichts mit der Arbeit, aber Glauser arbeitet an seiner persönlichen Weiterentwicklung, er fühlt sich berufen, Großes zu erreichen, er macht im Geist Karriere.

Er spart auch, er ißt für vierzig oder für dreißig Rappen zu Mittag, eine Ausgabe, die ihm imponiert, weil sie zu seinen Plänen paßt. Zu rauchen gestattet er sich nicht, obwohl er es gern täte, dafür aber trägt er Handschuhe und einen gewichtigen Spazierstock mit silbernem Knopf. Es ist dies ein Luxus, aber erstens nur ein einmaliger, und zweitens gibt der Mensch, der etwas erstrebt, gerne zu merken, daß es ihm eine Unmöglichkeit ist, sich zu unterschätzen.

»Ich bin vom Land«, denkt öfters Glauser, »und habe aus diesem Umstand heraus die Verpflichtung, es den Städtern zu zeigen, was ein fester Willen vermag.« Er benützt und besucht die Lesehallen, er ist im höchsten Grade bildungsbedürftig, und er weiß sich die Vorteile, die die Stadt bietet, zu Nutzen zu machen. Er sagt sich: »Diese Städter! Da schwärmen sie für die Landschaft. Ihre Bibliotheken vernachlässigen sie. Gut, dann übernehmen eben die Söhne vom Land ihre Errungenschaften.«

Glauser hat scheinbar ein Verhältnis mit der Kellnerin des »Ochsen«. Dort pflegt er zu Abend zu essen, das ist etwas teurer als im Volkswohltätigkeitshaus, man trinkt Bier zu einer Portion saurer Lebern, aber es gehört sich, infolgedessen tut er's. Die Verbindung mit dem Mädchen kostet nichts, denn sie liebt ihn. Das »Säububli« ist also irgendwo Hahn im Korb, hat irgendwo einen Stein im Brett, das wirkt wohltuend, das erhebt, das macht, daß man sich seiner Vorteile beständig bewußt bleibt. Da kann man die andern reden lassen.

Sein Gehalt ist ein geringer, aber Glauser verbietet sich auf das strengste, von einem höheren Salär zu träumen. So etwas reibt auf und ist inkorrekt, denn es lenkt von den Obliegenheiten des Tages ab, und das verhindert ein Mensch, der weiß, was Pflicht und Schuldigkeit sind. »Das ist helblingisch«, denkt er und ist stolz und froh, sich derart bemeistern zu können. Absichtlich macht er Fehler, um ab und zu einen Verweis zu hören, aus Diplomatie, damit es nicht in der hintersten Ecke heißt: »Dieser kleine Luscheib von Streber!« – Jeder will gern ein bißchen populär sein, am liebsten die zukünftigen Herrscher.

An Gehaltszahltagen freuen sich die meisten Angestellten kindlich. Der Klang des klimpernden Goldes erinnert an schöne Naturmomente, an Genüsse, an das Verhalten-Menschliche. Es spricht eben zu den Herzen und zu den Einbildungskräften. Nicht so Glauser. Der begegnet der fein lächelnden Angestelltin, die gewöhnlich auszahlt, kalt und gebärdet sich, während die liebliche Zahlerin ihres Amtes bei ihm waltet, folgendermaßen: »Dummköpfin! Mach's rasch!« – Es paßt ihm nicht, sich zu freuen, seine Lüste sind tieferer und bewußterer Art.

An gemeinschaftlichen Sonntagsvergnügungen nimmt er indessen teil, aus Politik, aber auch aus Anstandsgefühl, da er nicht ein versteckter Einsamer sein will. So etwas gehört sich, Grund genug, mit dabei zu sein. Das Tanzbein schwingt er trocken, aber er schwingt es wenigstens. Das Tanzen gehört im Vergleich zum »Saufen« noch in den schönen Kreis des Geistigen, demnach hat man sich's in keinerlei Weise zu verbieten. Daneben kann Glauser sich ja noch ruhig über die Sache erhaben fühlen, sowohl als über den armen Helbling, der dem Vergnügen leidenschaftlich ergeben ist, und der sich von der »Sache« hinreißen läßt.

Glauser liest Nietzsche, er liest ihn, aber er läßt sich durch diesen Autor nur zeitweise fesseln, niemals bestürmen, auch nicht irgendwelche Muster vorschreiben. Er hat seine ganz eigenen Gedanken, ihm imponiert so leicht keiner. Die Geschichte Napoleons aber hat es ihm angetan, diesen Mann nimmt er zum Vorbild. Daneben ist es eine englische Grammatik, der er vorzugsweise seine Nebenstunden widmet. Er ist Mitglied des Kaufmännischen Vereines, aber ein laxes, die Verbandsinteressen berühren ihn wenig, übrigens ist er erst zwanzig und ein halbes Jahr alt.

Gesundheitshalber begibt sich das kleine »Glauserli« fast jeden Mittag, während der Bureaupause, zum See hinaus, in die dortigen, hübschen Quaianlagen, um sich auf eine Bank zu setzen. Der Schatten ist ihm ebenso lieb wie die Sonne, aber um kein Haar lieber. Der Wind ist ihm angenehm, aber nicht süß wie »diesem Poeten Tanner«. Die Natur ist nützlich und gut, keineswegs entzückend. Auf der Bank liest er ein Buch. Drum herum ist Natur, aber eben, das ist es, die Natur ist gut zum Drumherumliegen, das Buch ist die Hauptsache. Die Natur wärmt und freundet sich an: von selber:

eine Art Dienstbotin, eine stumme, gutmütige Pflegerin. Man nutzt das aus, denn das lohnt sich.

Schritt für Schritt schreitet unser Held vorwärts, und das heißt soviel als, er macht immer seine Sache ordentlich. Nie verspätet er sich. Sein Anzug ist ebenso sauber wie seine Arbeiten, die er abliefert, sein Auftreten aber entspricht seinen Plänen, das heißt, es ist bescheiden, hohe Pläne schreiben das vor. Während er arbeitet, scheint er verschwunden zu sein, er ist gar nicht mehr auf der Welt, er lebt in den unsichtbaren und unsichtbarmachenden Regionen der Pflichterfüllung. »Meine Arbeit ist zu geistlos für mich«, denkt er, aber es genügt ihm, daß er diesen Einfall gehabt hat, er macht kein Drama daraus. Er arbeitet langsam, Zahl für Zahl, Buchstabe für Buchstabe, richtig, gesetzt, leidenschaftslos, wie es sich schickt vor einer Leistung, die keine Anforderungen an die Begabung stellt. Das freut ihn kalt, daß es so ist. Glauser, »das Lusbübli«, ist von einer durchtriebenen Zufriedenheit beseelt, und das ist es, was andern in die Augen sticht, denn »dahinter steckt etwas!« –

»Eines Tages«, denkt ›dä chli Hagel‹, »werde ich ihr Chef sein. Die werden sich wundern.« Er hat sich im stillen längst vorgenommen, nie Stellung zu wechseln, eigenmächtig, sondern sich langsam an immer bessere Posten versetzen zu lassen. Er weiß, daß es jahrelang dauert, ehe er avancieren kann, aber das schreckt ihn nicht, im Gegenteil, er hat eine diabolische Genugtuung, empfinden zu dürfen, daß man ihm reichlich Gelegenheit zum hartnäckig Ausharren geben wird. Er weiß sich im Besitz der hierzu erforderlichen Tugenden, und er lacht auf den Stockzähnen hinten. Er hat Geduld wie eine Bahnübergangsbarriere. Er sieht ja täglich das Muster der natürlichen Ungeduld vor sich, den Helbling, der mit den

Uhren kokettiert. Von diesem denkt er: »Der macht's nicht mehr lange.«

Tanner macht's auch nicht mehr lange. Der arbeitet um des Arbeitens willen. Das ist so eine Art zweckloser Künstlernatur! Das still beobachtende »Bübli« ist seiner Sache sehr sicher. Nach kurzer Zeit fliegen die beiden »hinaus«, Helbling auf dem Wege des Schassens und Tanner aus eigenem Drang. Der eine »geht« zwecklos und der andere mit Schand und Spott. Glauser aber stickt und zeichnet an dem fein erdachten Gewebe seines Berufsprogrammes ruhig weiter.

Er hält das Ding aus, und weit mehr: Die Bureausystemseele ist wie seine eigene, das heißt, keine Verdächtigungen! Er meistert eben seine Seele. Er sieht: aha, hier geht es so zu, und da geht es sofort in ihm selber ähnlich zu. Seine Energie läßt kein Unwohlbefinden aufkommen. So eine Seele ist weich, und wozu? Zum Daraufdrücken! Eine Seele ist nach Glausers Prinzipien zum Zermalmen da.

O er bringt es weit, aber noch lange nicht. Es geht langsam, aber dann, nachdem es ein Leben gedauert hat, wird er konstatieren können, daß er es weit gebracht hat. Und wenn er's zu nichts bringt, so hat er doch reich gelebt: er hat gewollt! –

(1908)

DER GEHÜLFE

Eines Morgens um acht Uhr stand ein junger Mann vor der Türe eines alleinstehenden, anscheinend schmucken Hauses. Es regnete. »Es wundert mich beinahe«, dachte der Dastehende, »daß ich einen Schirm bei mir habe.« Er besaß nämlich in seinen früheren Jahren nie einen Regenschirm. In der einen nach unten grad ausgestreckten Hand hielt er einen braunen Koffer, einen von den ganz billigen. Vor den Augen des scheinbar von einer Reise herkommenden Mannes war auf einem Emailleschild zu lesen: C. Tobler, technisches Bureau. Er wartete noch einen Moment, wie um über irgend etwas gewiß sehr Belangloses nachzudenken, dann drückte er auf den Knopf der elektrischen Klingel, worauf eine Person kam, allem Anschein nach eine Magd, um ihn eintreten zu lassen.

»Ich bin der neue Angestellte«, sagte Joseph, denn so hieß er. Er solle nur eintreten und hier, die Magd zeigte ihm die Richtung, nach unten ins Bureau gehen. Der Herr werde gleich erscheinen.

Joseph stieg eine Treppe, die eher für Hühner als für Menschen gemacht schien, hinunter und trat rechter Hand ohne weiteres in das technische Bureau ein. Nachdem er eine Weile gewartet hatte, ging die Türe auf. An den festen Schritten über die hölzerne Treppe und am Türaufmachen hatte der Wartende sogleich den Herrn erkannt. Die Erscheinung bestätigte nur die vorausgegangene Gewißheit, es war in der Tat niemand anderes als Tobler, der Chef des Hauses, der Herr Ingenieur Tobler. Er machte ziemlich große Augen, er schien ärgerlich zu sein und war es auch.

»Warum«, sagte er, Joseph strafend anblickend, »kommen

Sie denn eigentlich heute schon? Ich habe Sie doch erst für Mittwoch bestellt. Ich bin noch gar nicht soweit eingerichtet. Haben Sie's so eilig gehabt? Wa?«

Für Joseph hatte dieses Weglassen des Schluß-s am Was etwas Verächtliches. So ein verstümmeltes Wort klingt ja auch nicht gerade wie eine freundliche Liebkosung. Er erwiderte, daß man ihn im Stellenvermittlungsbureau darauf aufmerksam gemacht habe, daß er heute, Montag früh, anzutreten habe. Wenn das ein Irrtum sei, so bitte er um Entschuldigung, er aber könne wahrhaftig nichts dafür.

»Sieh da, wie höflich ich bin!« dachte der junge Mann und mußte innerlich unwillkürlich über sein Betragen lächeln.

Tobler schien nicht geneigt, sofort entschuldigen zu wollen. Er redete noch einige Male um dieselbe Sache herum, wobei sein ohnehin roter Kopf empört zu erröten begann. Er »begriff« nicht, es nahm ihn dies und jenes »wunder«, schließlich, nachdem sich sein Erstaunen über den vorgekommenen Fehler beruhigt hatte, meinte er zu Joseph schräg hinüber, er könne dableiben.

»Fortschicken kann ich Sie ja jetzt doch nicht mehr.« – »Haben Sie Hunger?« setzte er hinzu. Joseph bejahte ziemlich gleichmütig. Er wunderte sich aber sogleich über die Ruhe seiner Antwort. »Vor einem halben Jahre noch«, dachte er rasch, »würde mich die Hochbeschaffenheit einer derartigen Frage eingeschüchtert haben, und wie!«

»Kommen Sie«, sagte der Ingenieur. Mit diesen Worten führte er seinen neuangeworbenen Beamten ins Eßzimmer hinauf, das im Erdgeschoß gelegen war. Das Bureau lag unter der Erdlinie im Keller. Im Wohn- und Eßzimmer sprach der Herr folgendes:

»Setzen Sie sich. Irgendwo, das ist ganz egal. Und essen

Sie, bis Sie satt sind. Hier ist Brot. Schneiden Sie soviel davon ab wie Sie wollen. Genieren Sie sich nur nicht. Schenken Sie nur mehrere Tassen ein. Kaffee ist genug da. Und da ist Butter. Die Butter ist zum Zugreifen da, wie Sie sehen. Und da haben Sie auch Konfitüre, falls Sie ein Liebhaber davon sind. Wollen Sie Bratkartoffeln dazu essen?«

»O ja, warum nicht, ganz gern«, hatte Joseph den Mut zu sagen. Worauf Herr Tobler nach Pauline, der Magd, rief und ihr auftrug, das Gewünschte rasch zuzubereiten. Nachdem das Frühstück beendet war, gab es unten im Kontor, inmitten der Zeichenbretter und Zirkel und umherliegenden Bleistifte, zwischen beiden Männern ungefähr folgende Auseinandersetzung:

Er müsse, sagte Tobler in rauhem Ton, einen Kopf als Angestellten haben. Eine Maschine könne ihm nicht dienen. Wenn Joseph planlos und geistlos in den Tag hineinarbeiten wolle, so solle er so gut sein und es gleich auf der Stelle sagen, damit man von Anfang an wisse, woran man mit ihm sei. Er, Tobler, benötige eine Intelligenz, eine selbständig arbeitende Kraft. Wenn Joseph glaube, er sei keine solche, so möge er so freundlich sein, usw. Hier drückte sich der technische Erfinder in Wiederholungen aus.

»Ach«, sagte Joseph, »warum sollte ich denn keinen Kopf haben, Herr Tobler? Was mich betrifft, ich glaube und hoffe des bestimmtesten, daß ich jederzeit dasjenige zu leisten imstande sein werde, was Sie glauben werden, von mir verlangen zu dürfen: Übrigens, meine ich, bin ich hier oben (das Haus Tobler stund auf einem Hügel) ja vorläufig nur probeweise. Die Art unseres gegenseitigen Übereinkommens hindert Sie in keiner Weise, mit mir, wenn Sie es für notwendig erachten, augenblicklich Schluß zu machen.«

Er wolle, fand es Herr Tobler für passend zu sagen, nicht hoffen, daß es soweit komme. Joseph möge nichts für ungut nehmen von dem, was er, Tobler, da soeben gesagt habe. Er habe eben nur geglaubt, gleich von Anfang an klaren Wein einschenken zu sollen, und er sei der Meinung, daß das für beide Teile nur von Gutem könne gewesen sein. Alsdann wisse jeder, woran er mit dem anderen sei, und so sei es am besten.

»Gewiß«, bekräftigte Joseph.

Nach dieser Rücksprache wies der Vorgesetzte dem Untergebenen den Platz an, woran er schreiben »könne«. Es war dies ein etwas zu enges, schmales und zu niedrig gebautes Sitzpult mit einer Schieblade, worin sich die Markenkasse und einige kleinere Bücher befanden. Der Tisch, denn nur ein solcher war's und gar kein wahrhaftiges Pult, stand dicht an einem Fenster und an der Gartenerde. Darüber hinaus erblickte man in der Tiefe den ausgedehnten See, weiter das anderseitige Seeufer. Das alles sah heute sehr trübe aus, denn es regnete noch immer.

»Kommen Sie«, sagte plötzlich Tobler, und er lächelte in etwas, wie es Joseph schien, unziemlicher Art zu seinen Worten, »meine Frau muß Sie doch nun auch bald endlich einmal zu Gesicht bekommen. Kommen Sie mit, ich werde Sie ihr vorstellen. Und dann müssen Sie auch das Zimmer sehen, wo Sie schlafen werden.«

Er führte ihn hinauf in die erste Etage, wo den beiden eine schlanke, hohe Frauenfigur entgegentrat. Das war »sie«. »Eine gewöhnliche Frau«, wollte rasch der junge Angestellte denken, aber er setzte sogleich in Gedanken hinzu: »und doch nicht.« Die Dame betrachtete den »Neuen« ironisch und gleichgültig, aber ohne Absicht. Beides, das Kalte und das Ironische, schien ihr angeboren zu sein. Sie streckte ihm nachlässig, ja sogar träge die Hand dar, er ergriff sie und verneigte sich vor der »Herrin des Hauses«. So nannte er sie im geheimen, nicht, um sie zu etwas Schönerem zu erheben, im Gegenteil, um sie rasch im stillen zu kränken. Diese Frau benahm sich in seinen Augen entschieden zu hochmütig.

»Ich hoffe, es wird Ihnen hier bei uns gefallen«, sagte sie mit einer seltsam hochklingenden Stimme und verzog dazu ein wenig ihren Mund.

»Ja, sag du das nur. Sehr hübsch. Ei seht mal, wie freundlich. Wollen ja sehen.« Auf diese Art hielt es Joseph für angezeigt, für sich über jene wohlwollenden Worte nachzudenken. Alsdann wurde ihm sein Zimmer gezeigt, es lag oben im kupfernen Turm, es war also ein Turmzimmer, gewissermaßen ein romantisches und vornehmes. Übrigens erschien es hell, luftig und freundlich. Das Bett war sauber, o ja, in solch einem Zimmer würde sich's wohnen lassen. Nicht übel. Und Joseph Marti, so hieß er mit seinem ganzen Namen, legte den Koffer, den er mit hinaufgenommen hatte, auf dem Parkettboden ab.

Später wurde er in die Geheimnisse der Toblerschen geschäftlichen Unternehmungen kurz eingeweiht und mit den Pflichten, die er zu erfüllen hatte, im allgemeinen vertraut gemacht. Es ging ihm dabei eigentümlich, er verstand nur die Hälfte. Was denn nur mit ihm sei, dachte er und machte sich Vorwürfe: »Bin ich ein Betrüger, ein Schwätzer? Will ich Herrn Tobler hintergehen? Er verlangt einen ›Kopf‹ und ich, ich bin heute absolut kopflos. Vielleicht daß es morgen früh oder bereits heute abend besser geht.«

Das Mittagessen schmeckte ihm ausgezeichnet.

Wiederum dachte er besorgt: »Wie? Hier sitze ich und esse,

wie es mir seit vielleicht Monaten nicht mehr gemundet hat, und kapiere nichts von den Winkelzügen der Unternehmungen Toblers? Ist das nicht Diebstahl? Das Essen ist wundervoll, es erinnert mich lebhaft an zu Hause. Solche Suppe hat Mutter gemacht. Wie kräftig und saftig das Gemüse ist, und das Fleisch. Wo kriegt man in der Großstadt dergleichen?«

»Essen Sie, essen Sie«, trieb Tobler an, »in meinem Haus wird tapfer gegessen, haben Sie das verstanden? Nachher wird aber auch gearbeitet.«

Der Herr sehe, er esse ja, erwiderte Joseph mit einer Schüchternheit, die ihn beinahe zornig machte. Er dachte: »Wird er mich nach acht Tagen auch noch zum Essen antreiben? Wie schmachvoll, zu empfinden, wie sehr mir dieses fremde Essen schmeckt. Werde ich diesen unverschämten Appetit durch entsprechende Leistungen rechtfertigen?«

Er nahm sich von jeder Speise noch einmal auf seinen Teller. Ja, er kam aus den Tiefen der menschlichen Gesellschaft her, aus den schattigen, schweigsamen, kargen Winkeln der Großstadt. Er hatte seit Monaten schlecht gegessen.

Ob man ihm das etwa anmerke, dachte er und errötete.

Ja, ein ganz klein wenig merkten das Toblers sicher. Die Frau betrachtete ihn mehrfach fast mitleidig. Die vier Kinder, zwei Mädchen und zwei Knaben, sahen ihn wie etwas Wildfremdes und Sonderbares von der Seite her an. Diese ungeniert fragenden und forschenden Blicke entmutigten ihn. Solche Blicke erinnern eben an die Angeflogenheit an etwas Fremdes, an die Behäbigkeit dieses Fremden, das für sich eine Heimat darstellt, und an die Heimatlosigkeit desjenigen, der nun so dasitzt und die Pflicht hat, sich möglichst rasch und guten Willens in das behagliche fremde Bild heimatlich einzufügen. Solche Blicke machen einen frieren im heißesten Sonnenschein, sie dringen kalt in die Seele, bleiben da einen Moment kalt liegen und verlassen sie wieder, wie sie gekommen sind.

»So. Jetzt an die Arbeit«, rief Tobler. Und beide verließen den Tisch und begaben sich, der Herr voran, in das Bureau hinunter, um da, wie der Befehl lautete, zu arbeiten.

»Rauchen Sie?«

Ja, Joseph rauche ganz gern.

»Nehmen Sie sich einen Zigarrenstumpen aus dem blauen Paket dort. Sie dürfen während der Arbeit ruhig rauchen. Ich tu's ja auch. So. Und nun sehen Sie einmal hierher, das da, aber sehen Sie sie ordentlich an, sind die zur ›Reklame-Uhr‹ erforderlichen Papiere. Können Sie gut rechnen? – Dann um so besser. Es handelt sich nun in erster Linie – was tun Sie da? Mein junger Mann, die Asche gehört in den Aschenbecher. Ich habe gern Ordnung zwischen meinen eigenen vier Wänden – also in erster Linie handelt es sich, nehmen Sie einen Bleistift zur Hand, nun, sagen wir, um die Zusammenstellung, um die genaue Gewinnberechnung dieses Unternehmens. Nehmen Sie Platz hier, ich werde Ihnen sogleich die nötigen Angaben machen. Und daß Sie mir gefälligst aufpassen, denn ich sage meine Sachen nicht gern zweimal.«

»Werde ich taugen?« dachte Joseph. Es war wenigstens gut, daß zu einer so schwierigen Arbeit geraucht werden durfte. Ohne Zigarrenstumpen würde er jetzt an der Rechtbeschaffenheit seines Kopfes ehrlich gezweifelt haben.

Während der Angestellte nun schrieb, wobei ihm der Prinzipal von Zeit zu Zeit über die Schulter in die entstehende Leistung hinabblickte, spazierte dieser, eine krumme, langstielige Zigarre zwischen den schönen, blendend weißen Zähnen tragend, im Bureau auf und ab, um allerhand Zahlen anzugeben, die jeweils flink von einer heute noch ein wenig ungeübten Angestelltenhand nachgezeichnet wurden. Der bläuliche Rauch hüllte beide arbeitende Gestalten bald gänzlich ein, draußen vor den Fenstern schien sich das Wetter aufhellen zu wollen, Joseph warf ab und zu einen Blick durch die Scheibe und merkte die Veränderung, die sich leise am Himmel vollzog. Einmal bellte der Hund vor der Türe. Tobler trat auf einen Moment hinaus, um das Tier zu beruhigen. Nach Verlauf zweier Arbeitsstunden ließ Frau Tobler durch eines der Kinder zum Nachmittagskaffee rufen. Es sei draußen im Gartenhaus gedeckt, weil das Wetter sich gebessert habe. Der Chef ergriff seinen Hut und sagte zu Joseph, er solle jetzt Kaffeetrinken gehen und nachher das flüchtig Geschriebene ins reine setzen, bis er damit fertig sei, werde es wohl Abend geworden sein.

Dann ging er. Joseph sah ihn den Hügel durch den abstürzenden Garten hinuntergehen. Welch eine stattliche Figur er hat, dachte er, er blieb noch eine ganze Weile so stehen und begab sich dann zum Kaffee in das hübsche, grünangestrichene Gartenhaus.

Während des Imbisses fragte ihn die Frau: »Sind Sie stellenlos gewesen?«

»Ja«, antwortete Joseph.

»Lange?«

Er gab ihr Auskunft, und sie seufzte jedesmal, wenn er von gewissen kläglichen Menschen und Menschenverhältnissen sprach. Sie tat das ganz leicht und obenhin, und sie behielt außerdem die jeweiligen Seufzer länger als gerade nötig war im Mund, als habe sie sich jedesmal an der Annehmlichkeit dieses Tons und Empfindens weiden können.

»Gewissen Menschen«, dachte Joseph, »scheint es Vergnügen zu machen, an bedauerliche Dinge zu denken. Wie diese Frau Nachdenklichkeit mimt. Sie seufzt, wie andere lachen, genau so fröhlich. Ist das jetzt meine Herrin?«

Später stürzte er sich in seine Reinschrift. Es wurde Abend. Morgen früh würde es sich ja zeigen, ob er eine Kraft oder eine Null, eine Intelligenz oder eine Maschine, ein Kopf oder ein Hohlkopf sei. Für heute war es seines Erachtens nach genug. Er räumte seine Arbeit zusammen und ging in sein Zimmer, froh darüber, für eine kleine Zeitlang allein sein zu dürfen. Er fing nicht ohne Wehmut an, seinen Handkoffer, seine ganze Besitzung, langsam, Stück für Stück, auszupacken, wobei er der unzählbaren Umzüge gedachte, zu deren Erledigung er sich nun schon so viele Male dieses Köfferchens bedient hatte. Schlichte Sachen werden einem so lieb, das empfand der junge Angestellte. Wie es ihm hier bei Tobler wohl gehen werde, fragte er sich, während er die paar Wäschestücke, die er besaß, in absichtlich säuberlichster Manier in den Schrank legte: »Gut oder schlecht, ich bin einmal da, gehe es wie es gehen kann.« Er gelobte sich im stillen, sich Mühe zu geben, indem er ein Knäuel alter Faden, Bindfadenteile, Halsbinden, Knöpfe, Nadeln und abgerissene Leinenfetzen auf den Fußboden warf. »Wenn ich nun schon einmal hier esse und schlafe, will ich mich geistig und körperlich dafür auch anstrengen«, murmelte er weiter, »wie alt bin ich jetzt? Vierundzwanzig! Das ist keine nennenswerte Jugend mehr. Ich bin zurückgeblieben im Leben.« Er hatte den Koffer geleert und stellte ihn in eine Ecke. Sobald er glaubte, daß es ungefähr Zeit sei, ging er zum Abendessen, später noch zur Post ins Dorf hinein, später schlafen. [...]

(1908)

GERMER

Ein Lebensposten ist gar nicht so ohne. Ganz gewiß nicht. Jedermann sieht gern ein, daß mit einer Weltposition hundert kleine Schönheiten, Bequemlichkeiten und Annehmlichkeiten verbunden sein können, so zum Beispiel die reizende, ruhige Mitgliedschaft zum literarischen Lesezirkel. Wer eine Existenz hat, darf sich gemütliche Bockbierabende erlauben. Das regelmäßige Einkommen sitzt abends im Konzert oder im Theater. Der gute Monatslohn macht mit Schwung und Selbstbewußtsein Maskenbälle mit. Und doch hängt an der Lebenspostenexistenz manches, was nicht fein ist, unter anderem die Unterminierung der körperlichen und geistigen Gesundheit. Hier sei schüchtern an das menschliche Nervensystem erinnert.

Germer, langjähriger Inhaber eines schwierigen Wechselportefeuillepostens, kann den Atem und die leibliche Bildung seiner Herren Kollegen nicht mehr ertragen. Wer gesund und robust ist, der macht gern Witze, die Meier vom Landgut und Stadthaus zum Beispiel. Diese beiden sind Witzbolde ersten Ranges. Germer ist ungeduldig. Wer ungeduldig ist, haßt das gemütliche Bockwurstwitzwesen. Außerdem hat ihn die Langjährigkeit seines Postens krank im Geist gemacht. Er macht zwar noch immer sein Pflichtchen, freilich, aber mit permanenter Zusammenraffung seiner letzten Geniekräfte. Ja, ja, so ein Weltposten.

Fast täglich gibt es in der hochberühmten Bankkomptabilität, so gegen halb zwei Uhr mittags, gratis Volksschauspiele. Zugelassen werden natürlich nur die Herren Angestellten und Maschinenrechner, aber das ist schon ein ganz artiges

Theaterpublikum. Vollzählig sind sie da, die Senn, die Glauser, die Tanner, die Helbling, die Schürch, die Meier von da und dort, die Binz und die Wunderli. Sitz- und Stehplätze werden nonchalant, den Zigarrenstumpen im Mund, eingenommen. Duft und Stimmung, Wesen und Privatabsicht, Spezielles und Allgemeingültiges, und draußen scheint die Sonne. »Herr Germer!« sagt einer. Dieser eine geht langsam zu Germer hin und stellt sich dicht neben ihm auf. »Lassen Sie mich! Weg!« sagt Germer, indem er mit der gräßlich flachen Hand wegwischt. Alles schmettert und schnattert vor Lachen. Ja, ja, so eine duftvolle Mittagspause.

Was gesund, rotwangig und robust ist, das muß etwas zum Spielen, Unterhalten und Peinigen haben. Schon die lieben Kinder gehen da mit einem selten guten Beispiel voran. Wie köstlich macht sich das, und solch ein tönendes Lachen, wie ist das göttlich! Das heilige Lachen! Die Götter im Olymp sind auch Angestellte. Auch sie langweilen sich wahrscheinlich zuzeiten ziemlich stark, und auch sie begrüßen daher Gratisvolksschauspiele und -auftritte mit dankbar schallendem Vergnügen. Sicher ist die gepriesene Götterwohnung auch nur eine Art Komptabilität, gerade wie die unsere, und die Götter und Göttinnen schreiben und rechnen und korrespondieren vielleicht auch an solchen schmalen Pultreihen, angeschmiedet, gerade wie wir's hier so furchtbar deutlich schauen, an öden Lebensposten.

Jedes Ding auf dieser Erde hat seine trivialen zwei Seiten, eine schattige düstere und eine fidele helle. Wem das saure tägliche Brot nur so auf den Monatssalärtisch fällt, der muß sich verpflichtet fühlen, nach und nach zur kontraktlich regelmäßigen Maschine zu werden. Im Ernst: dies ist erste und letzte Aufgabe. Germer ist eine schlechte Maschine, er beherrscht seine Empfindungen nicht, er tobt, er brüllt, er pfeift, er wischt ab, er knirscht mit den Zähnen, er macht großzügige Arm- und Handbewegungen, er schreitet einher wie ein König der Bretter, die die Welt bedeuten sollen, er ist krank. Es gibt ja Krankheiten, die zu Lebensstellungen noch ganz gut passen. Germers Krankheit aber ist der scheinbar persönliche und überzeugte Feind seines kräftefordernden Postens. Schickt sich das? Wer einen Posten besetzt, der muß alles Unpostengemäße wegwischen. Unser Mann aber wischt mit der Hand seinen Posten weg. Das ist dumm, weil es unmöglich ist. Niemand kann Existenzen abwischen. Germer sagt immer: »Weg! Lassen Sie mich in Ruhe!« Ja, ja, so eine defekte Maschine.

Ein Herr Kollege soll auch kollegialisch empfinden. Das Prinzip der Kollegialität ist ein herrisches und ein nur zu tief begründetes. Das ist so gewesen und wird sicher so bleiben. Ein hungernder Vagabund hat nicht nötig, Rücksicht zu nehmen, dafür hungert er aber auch. Germer aber hat jeden Tag sein Essen, Trinken, Schlafen, Wohnen, Spazieren und Stumpenrauchen, diese wie vom Himmel auf seine Person heruntergefallenen Tischlein-deck-dich-Sachen kommen von der weltgebietenden Kollegenschaft. Darf er das hintansetzen? Darf er dem Herrn Buchhalter Binz die Zunge ausstrecken, darf er »Affen!« zu den Korrespondenten sagen? Ganz gewiß nicht, und doch tut er's, aber nicht er tut's eigentlich, seine Krankheit begeht diese Sünden, also ist Germers Krankheit ein Feind des mächtigen Kollegengedankens. Meier vom Land, der weiß, wie schön es auf dem Land ist, hat schon mehrmals der Idee Ausdruck verliehen, daß Germer aufs Land gehöre. Diese Idee wird von Kollege Helbling, zur Abwechslung scheinbar, wieder einmal, von Mann zu Mann im ganzen Bureau herumgetragen: »Es wäre bald besser, man täte den Germer aufs Land.« Chef Hasler, der stets Umsichtige, macht der Verbreitung guter Literatur in die breiten Volksschichten ein rasches, stirnrunzelndes Ende: »Es ist mir lieber, Sie arbeiten, Helbling.«

Die Landidee ist aber nicht mehr auszurotten. Binz, der Buchhalter im Profil, gibt ihr weiteren Ausdruck: »Da hätte er's doch verflucht gut. Die Landluft könnte ihn am Ende wieder völlig gesund machen. Hier wird er von Tag zu Tag dümmer. Es ist bald eine Schande, so einen Menschen überhaupt nur anzusehen. Es ekelt einen ja bald einmal. Auf dem Land würde er Sonnenschein und eine leichte Beschäftigung haben. Den halben Tag könnte er unter einem Baume im Gras liegen und ›Weg von mir!‹ sagen. Die Mücken und Fliegen würden es ihm beim Eid nicht übelnehmen. Man geniert sich bald. Und mit dem Helbling müßte man eigentlich auch bald endlich einmal kurzen Prozeß machen. Wenn ich Chef wäre, ich würde hier herum allweg bald besser Ordnung machen.« Wenn ich Chef wäre! Herr Binz im Quadrat möchte gern Chef der gesamten Abteilung sein. Seiner Nase nach steht es schlimm mit der Zucht und Würde in den Buchhaltungsräumlichkeiten. An seine dicken täglichen Folianten gedrückt, träumt er von eisernen Reformen und von sich als von dem gestrengen Vollstrecker derselben. Ja, ja, die Untergebenen.

Es wird auch nicht schlecht über die vermutlichen und vermeintlichen Ursachen von Germers geistiger Verwilderung hin und her gesprochen. Der Posten ist schuld. Der Posten ist zu aufreibend. Längst gehörte Germer vom Posten weg. Jeder andere würde an solch einem Posten ebenfalls verrückt. Und dann wird geflüstert, Rüegg sei schuld, Herr Rüegg, der

Unterchef. Dieser habe den Germer mit kalter Berechnung in den Wahnsinn gehetzt. Kein anderer als Rüegg trägt Schuld. Das sei ein Schikaneur von der durchtriebensten Sorte. Neben diesem Satan zu arbeiten, das sei eine Qual. Erstens das teuflische Portefeuille, zweitens Rüegg, der figürliche Teufel. Der Germer sei zu bedauern. Warum sich das Kalb habe abhetzen lassen? Jedenfalls müsse er vom Posten weg. Helbling unternimmt es bereitwilligst, im ganzen Bureau herum die Qualen des Germerschen Postens zu schildern, er malt mit den absichtlich schwärzesten und zeitraubendsten Malmitteln. Er schildert wieder einmal Zeit tot. Aber Chef Hasler, kunstfeindlich wie immer, zerstört das Wandgemälde.

»Herr Germer, Sie müssen exakter arbeiten«, sagt Rüegg, der Chef des Portefeuilles, ein älteres, stilles, bebrilltes, schmächtiges, monotones, graues, bebartetes, bleiches Herrchen mit schmachtender, bohrender Stimme. »Herr Rüegg, lassen Sie mich in Frieden. Verstanden! Weg!« sagt Germer. Nun sind das ja keineswegs Untergebenenworte, noch viel weniger Tägliche-Brots-Worte, und noch weniger Worte eines Menschen, der fürchten muß, vom Posten weggewischt zu werden. Aber was kann man dafür, wenn es in Gottes Namen aus einem heraussprudelt. O wie Rüegg Germer haßt, aber noch schrecklicher ist es, wie Germer Rüegg haßt, und am fürchterlichsten ist es, wie beide einander in den Tod sich hassen. Und doch müssen sie zusammen arbeiten, eng verschlungen wie die geschmeidig sein sollenden Bestandteile einer schnurrenden Maschine. Des einen Tätigkeit ist futsch ohne die bereitwillige Tätigkeit des andern. Macht einer Fehler, so müssen drei drunter leiden, und Germer macht immer Fehler, aber er glaubt steif und fest, er arbeite nur deshalb schlecht, weil Rüeggs Bosheit ihn kaputt macht. Rüegg dagegen ist ein feiner, geschmackvoller Mensch, er beteiligt sich nie an den »Volksschauspielen«, er behandelt Germer als einen völlig Normalen, und das gerade reizt den Kranken: »Weg!« Sagt Hebel A zu Hebel B solche Worte? Ja, ja, so ein Bestandteil.

Und jahrelang haben die beiden Hebel A und B zusammen das Rad der Arbeit mühsam geschwungen. Unter: »Sie müssen besser arbeiten!« und: »Gehen Sie mir weg!« Unter heimlich fressendem Ärger. Rüegg hat den Germer immer unter der Brille schräg hinauf angeschaut. Vielleicht haben diese Blicke das Ungestüm in Germers Wesen heraufbeschworen. Wer kann einer Seele sagen, woran sie erkrankt. Überlassen wir die zeitgemäße Beantwortung dieser Frage unsern Herren der Wissenschaft. Die haben's Patent drauf. Wenn so eine fleißige, emsige Stille im Saal herrscht, pfeift einer plötzlich, und wer ist es? Germer. Auch laut lachen kann er plötzlich. Und immer wischt er mit der schrecklich großen und flachen Hand etwas aus der Luft weg. Armer Germer.

Ja, ja, das Leben ist hart, Helbling weiß auch ein Lied davon zu singen. Man sagt, die eintönigen Lieder seien die rührendsten. Germer ist verheiratet, er hat Frau und zwei Kinder, Mädchen, die jetzt anfangen zur Schule zu gehen. Alle sechs bis acht Wochen besucht Frau Germer den Direktor der Bank, um diesen hochachtbaren Mann weinend zu bitten, er möge das Nötige tun und veranlassen, daß man ihren Mann möglichst schone und in Ruhe lasse. Es ist der Kollegenschaft bedeutet worden, die Veranstaltung von Extravorstellungen zu unterlassen. »Besser wäre, man täte ihn aufs Land«, meint Meier vom Land.

(1910)

HELBLINGS GESCHICHTE

Ich heiße Helbling und erzähle hier meine Geschichte selbst, da sie sonst wahrscheinlich von niemandem aufgeschrieben würde. Heutzutage, wo die Menschheit raffiniert geworden ist, kann es keine besonders kuriose Sache mehr sein, wenn einer, wie ich, sich hinsetzt und anfängt, an seiner eigenen Geschichte zu schreiben. Sie ist kurz, meine Geschichte, denn ich bin noch jung, und sie wird nicht zu Ende geschrieben, denn ich habe voraussichtlich noch lange zu leben. Das Hervorstechende an mir ist, daß ich ein ganz, beinahe übertrieben gewöhnlicher Mensch bin. Ich bin einer der Vielen, und das gerade finde ich so seltsam. Ich finde die Vielen seltsam, und denke immer: »Was machen, was treiben sie nur alle?« Ich verschwinde förmlich unter der Masse dieser Vielen. Wenn ich mittags, wenn es zwölf Uhr schlägt, von der Bank, wo ich beschäftigt bin, nach Hause eile, so eilen sie alle mit, einer sucht den andern zu überholen, einer will längere Schritte nehmen als der andere, und doch denkt man dabei: »Es kommen doch alle nach Hause.« In der Tat kommen sie alle nach Hause, denn es ist kein ungewöhnlicher Mensch unter ihnen, dem es arrivieren könnte, daß er den Weg nicht mehr fände nach Hause. Ich bin mittelgroß von Gestalt und habe deshalb Gelegenheit, mich zu freuen, darüber, daß ich weder hervorstechend klein, noch herausplatzend groß bin. Ich habe so das Maß, wie man auf schriftdeutsch sagt. Wenn ich zu Mittag esse, denke ich immer, ich könnte eigentlich anderswo, wo es vielleicht fideler zuginge am Eßtisch, ebenso gut, oder noch feiner essen, und denke dann darüber nach, wo das wohl sein könnte, wo die lebhaftere Unterhaltung mit dem besseren Essen verbunden wäre. Ich lasse alle Stadtteile und alle Häuser, die ich kenne, in meiner Erinnerung vorübergehen, bis ich etwas ausfindig gemacht habe, das etwas für mich sein könnte. Im allgemeinen halte ich sehr viel auf meine Person, ja, ich denke eigentlich nur an mich, und bin immer darauf bedacht, es mir so gut gehen zu lassen, wie nur irgend denkbar. Da ich ein Mensch aus guter Familie bin, mein Vater ist ein angesehener Kaufmann in der Provinz, so finde ich leicht an den Dingen, die sich mir nähern wollen, und denen ich auf den Leib rücken soll, allerlei auszusetzen, zum Beispiel: es ist mir alles zu wenig fein. Ich habe stets die Empfindung, daß an mir etwas Kostbares, Empfindsames und Leichtzerbrechliches ist, das geschont werden muß, und halte die andern für lange nicht so kostbar und feinfühlig. Wieso das nur kommen mag! Es ist gerade, als wäre man zu wenig grob geschnitzt für dieses Leben. Es ist jedenfalls ein Hemmnis, das mich hindert, mich auszuzeichnen, denn wenn ich beispielsweise einen Auftrag erledigen soll, so besinne ich mich immer erst eine halbe Stunde, manchmal auch eine ganze! Ich überlege und träume so vor mich hin: »Soll ich es anpacken, oder soll ich noch zögern, es anzupacken!«, und unterdessen, ich fühle das, werden schon einige meiner Kollegen bemerkt haben, daß ich ein träger Mensch bin, während ich doch nur als zu empfindsam gelten kann. Ach, man wird so falsch beurteilt. Ein Auftrag erschreckt mich immer, veranlaßt mich, mit meiner flachen Hand strichweise über den Pultdeckel zu fahren, bis ich entdecke, daß ich höhnisch beobachtet werde, oder ich tätschle mir mit der Hand die Wangen, greife mich unter das Kinn, fahre mir über die Augen, reibe die Nase und streiche die Haare von der Stirne weg, als ob dort meine Aufgabe läge, und nicht auf dem Bogen Papier, der vor mir, auf dem Pult, ausgebreitet liegt. Vielleicht habe ich meinen Beruf verfehlt, und dennoch glaube ich zuversichtlich, daß ich es mit jedem Beruf so hätte, so machen würde und verderben würde. Ich genieße, infolge meiner vermeintlichen Trägheit, wenig Achtung. Man nennt mich einen Träumer und Schlafpelz. O, die Menschen sind darin talentvoll, einem ungebührliche Titel anzuhängen. Es ist allerdings wahr: die Arbeit liebe ich nicht besonders, weil ich mir immer einbilde, sie beschäftige und locke zu wenig meinen Geist. Das ist auch wieder so ein Punkt. Ich weiß nicht, ob ich Geist besitze, und ich darf es kaum glauben, denn ich habe bereits öfters die Überzeugung gewonnen, daß ich mich jedesmal dumm anstelle, wenn man mir einen verstand- und scharfsinnfordernden Auftrag gibt. Das macht mich in der Tat stutzig, und veranlaßt mich darüber nachzudenken, ob ich zu den seltsamen Menschen gehöre, die nur klug sind, wenn sie es sich einbilden, und aufhören, klug zu sein, sobald sie zeigen sollten, daß sie es wirklich sind. Es fallen mir eine Menge intelligenter, schöner, spitzfindiger Sachen ein, aber sobald ich sie in Anwendung bringen soll, versagen sie mir und verlassen mich, und ich stehe dann da wie ein ungelehriger Lehrjunge. Deshalb mag ich meine Arbeit nicht gern, weil sie mir einesteils zu wenig geistvoll ist und mir andersteils sogleich über den Kopf hinauswächst, sobald sie den Anstrich des Geistvollen erhält. Wo ich nicht denken soll, da denke ich immer, und wo ich verpflichtet wäre, es zu tun, kann ich es nicht. Aus diesem zwiespältigen Grunde verlasse ich auch den Bureausaal immer einige Minuten vor zwölf und komme immer erst einige Minuten später als die andern an, was mir schon einen ziemlich schlechten Ruf eingetragen hat. Aber es ist mir so gleichgültig, so unsäglich gleichgültig, was sie von mir sagen. Ich weiß zum Beispiel sehr wohl, daß sie mich für einen Schafskopf ansehen, aber ich fühle, daß wenn sie ein Recht zu dieser Annahme haben, ich sie daran nicht verhindern kann. Ich sehe auch wirklich etwas schafsköpfig aus in meinem Gesicht, Betragen, Gang, Sprechen und Wesen. Es ist kein Zweifel, daß ich, um ein Beispiel herauszunehmen, in den Augen einen etwas blödsinnigen Ausdruck habe, der die Menschen leicht irreführt und ihnen eine geringe Meinung von meinem Verstand gibt. Mein Wesen hat viel Läppisches und dazu noch Eitles an sich, meine Stimme klingt sonderbar, so als wüßte ich selber, der Sprecher, nicht, daß ich rede, wenn ich rede. Etwas Verschlafenes, Noch-nicht-ganz-Aufgewecktes haftet mir an, und daß es bemerkt wird, habe ich bereits aufgezeichnet. Mein Haar streiche ich immer ganz glatt auf dem Kopf, das erhöht vielleicht noch den Eindruck trotziger und hilfloser Dummheit, den ich mache. Dann stehe ich so da, am Pult, und kann halbstundenlang in den Saal, oder zum Fenster hinausglotzen. Die Feder, mit der ich schreiben sollte, halte ich in der untätigen Hand. Ich stehe und trete von einem Fuß auf den andern, da mir eine größere Beweglichkeit nicht gestattet ist, sehe meine Kollegen an und begreife gar nicht, daß ich in ihren Augen, die zu mir hinüberschielen, ein erbärmlicher, gewissenloser Faulenzer bin, lächle, wenn mich einer ansieht, und träume, ohne zu sinnen. Wenn ich das könnte: Träumen! Nein, ich habe keine Vorstellung davon. Nicht die mindeste! Ich denke mir immer, wenn ich einen Haufen Geld hätte, würde ich nicht mehr arbeiten, und freue mich wie ein Kind darüber, daß ich dieses denken konnte, wenn der Gedanke ausgedacht ist. Das Gehalt, das ich bekomme, erscheint mir zu klein, und ich denke gar nicht daran, mir zu sagen, daß ich nicht einmal so viel verdiene mit meinen Leistungen, trotzdem ich weiß, daß ich so gut wie nichts leiste. Seltsam, ich habe gar nicht das Talent, mich einigermaßen zu schämen. Wenn mich einer, zum Beispiel ein Vorgesetzter, anschnauzt, so bin ich darüber im höchsten Grade empört, denn es verletzt mich, angeschnauzt zu werden. Ich ertrage das nicht, obgleich ich mir sage, daß ich eine Rüge verdient habe. Ich glaube, ich widersetze mich dem Vorwurf des Vorgesetzten deshalb, damit ich das Gespräch mit ihm ein wenig in die Länge ziehen kann, vielleicht eine halbe Stunde, dann ist doch wiederum eine halbe Stunde verstrichen, während deren Verlauf ich mich wenigstens nicht gelangweilt habe. Wenn meine Kollegen glauben, ich langweile mich, so haben sie allerdings recht, denn ich langweile mich zum Entsetzen. Nicht die geringste Anregung! Mich langweilen, und darüber nachsinnen, wie ich die Langeweile etwa unterbrechen könnte: darin besteht eigentlich meine Beschäftigung. Ich vollbringe so wenig, daß ich selber von mir denke: »Wirklich, du vollbringst nichts!« Oftmals kommt es über mich, daß ich gähnen muß, ganz unabsichtlich, indem ich meinen Mund aufsperre, gegen die Höhe der Zimmerdecke, und dann mit der Hand nachfahre, um langsam die Mundöffnung zu verdecken. Alsdann finde ich es für angebracht, mit den Fingerspitzen meinen Schnurrbart zu drehen und etwa auf das Pult zu klopfen, mit der Innenfläche eines meiner Finger, ganz wie in einem Traum. Manchmal erscheint mir das alles wie ein unverständlicher Traum. Dann bemitleide ich mich und möchte über mich weinen. Aber, wenn das Traumartige verfliegt, möchte ich mich, der Länge und Breite nach, auf den Boden werfen, möchte umstürzen, mir an einer Kante des Pultes recht weh tun, damit ich den zeitvertreibenden

Genuß eines Schmerzes empfinden könnte. Meine Seele ist nicht ganz schmerzlos über meinen Zustand, denn ich vernehme manchmal, wenn ich recht das Ohr spitze, darin einen leisen, klagenden Ton der Anklage, ähnlich der Stimme meiner noch lebenden Mutter, die mich immer für etwas Rechtes gehalten hat, im Gegensatz zum Vater, der da viel strengere Grundsätze besitzt, als sie. Aber meine Seele ist mir ein zu dunkles und wertloses Ding, als daß ich schätzte, was sie vernehmen läßt. Ich halte nichts von ihrem Ton. Ich denke mir, daß man nur aus Langeweile auf das Gemurmel der Seele horcht. Wenn ich im Bureau stehe, werden meine Glieder langsam zu Holz, das man wünscht, anzünden zu können, damit es verbrenne: Pult und Mensch werden Eines mit der Zeit. Die Zeit, das gibt mir immer zu denken. Sie vergeht schnell, doch in all der Schnelligkeit scheint sie sich plötzlich zu krümmen, scheint zu brechen, und dann ist es, als ob gar keine Zeit mehr da wäre. Manchmal hört man sie rauschen wie eine Schar auffliegender Vögel, oder zum Beispiel im Wald: da höre ich immer die Zeit rauschen, und das tut einem recht wohl, denn dann braucht der Mensch nicht mehr zu denken. Aber es ist meistens anders: so totenstill! Kann das ein Menschenleben sein, das man nicht spürt, sich vorwärts, dem Ende zudrängen! Mein Leben scheint mir bis zu diesem Augenblick ziemlich inhaltlos gewesen zu sein, und die Gewißheit, daß es inhaltlos bleiben wird, gibt etwas Endloses, etwas, das einem befiehlt, einzuschlafen und nur noch das Unumgänglichste zu verrichten. So tue ich es denn auch: ich tu nur so, als ob ich eifrig schaffe, wenn ich den übelriechenden Atem meines Chefs hinter mir spüre, der heranschleicht, um mich bei der Trägheit überraschen zu können. Seine Luft, die er ausströmt, ist sein Verräter. Der gute

Mann verschafft mir immer eine kleine Abwechslung, deshalb mag ich ihn noch ganz wohl leiden. Aber was veranlaßt mich denn eigentlich nur, so wenig meine Pflicht und meine Vorschriften zu respektieren? Ich bin ein kleines, blasses, schüchternes, schwaches, elegantes, zimperliches Kerlchen voll lebensuntüchtiger Empfindsamkeiten und würde die Härte des Lebens, wenn es mir einmal schief gehen sollte, nicht ertragen können. Kann mir der Gedanke, daß man mich aus meiner Stellung entlassen wird, wenn ich so fortfahre, keine Furcht einjagen? Wie es scheint, nicht, und wie es wiederum scheint: wohl! Ich fürchte mich ein bißchen, und fürchte mich wieder ein bißchen nicht. Vielleicht bin ich zur Furcht zu unintelligent, ja, es scheint mir beinahe, als ob der kindliche Trotz, den ich anwende, um mir vor meinen Mitmenschen Genugtuung zu verschaffen, ein Zeichen von Schwachköpfigkeit ist. Aber, aber: es paßt wundervoll zu meinem Charakter, der mir stets vorschreibt, mich ein wenig außergewöhnlich zu benehmen, wenn auch zu meinem Nachteil. So zum Beispiel bringe ich, was auch nicht statthaft ist, kleine Bücher ins Bureau, wo ich sie aufschneide und lese, ohne eigentlich Genuß am Lesen zu haben. Aber es sieht wie die feine Widerspenstigkeit eines gebildeten, mehr als die andern sein wollenden Menschen aus. Ich will eben immer mehr sein, und habe einen Jagdhundeifer nach Auszeichnung. Wenn ich das Buch jetzt lese, und es tritt ein Kollege zu mir heran mit der Frage, die vielleicht ganz am Platz ist: »Was lesen Sie da, Helbling?«, so ärgert mich das, weil es in diesem Fall anständig ist, ein ärgerliches Wesen zu zeigen, das den zutulichen Fragenden wegtreibt. Ich tue ungemein wichtig, wenn ich lese, blicke mich nach allen Seiten nach Menschen um, die mir zusehen, wie klug da einer seinen Geist und Witz ausbilde, schneide mit prachtvoller Langsamkeit Seite für Seite auf, lese nicht einmal mehr, sondern lasse es mir genügen, die Haltung eines in eine Lektüre Versunkenen angenommen zu haben. So bin ich: schwindelköpfig und auf den Effekt berechnet. Ich bin eitel, aber von einer merkwürdig billigen Zufriedenheit in meiner Eitelkeit. Meine Kleider sind von plumpem Ansehen, aber ich bin eifrig im Wechseln von Anzügen, denn es macht mir ein Vergnügen, den Kollegen zu zeigen, daß ich mehrere Anzüge besitze und daß ich einigen Geschmack in der Wahl von Farben habe. Grün trage ich gern, weil es mich an den Wald erinnert, und Gelb trage ich an windigen, luftigen Tagen, weil es zum Wind und zum Tanzen paßt. Es kann sein, daß ich mich darin irre, ich zweifle gar nicht daran, denn wie oft ich mich am Tag irre, wird mir genugsam vorgehalten. Man glaubt schließlich selber, daß man ein Einfaltspinsel ist. Aber was macht es aus, ob man ein Tropf oder ein Mann von Achtung ist, da doch der Regen ebensogut auf einen Esel wie auf eine respektable Erscheinung herabregnet. Und gar die Sonne! Ich bin glücklich, in der Sonne, wenn es zwölf Uhr geschlagen hat, nach Hause laufen zu dürfen, und wenn es regnet, spanne ich den üppigen, bauchigen Regenschirm über mich, damit mein Hut, den ich sehr schätze, nicht naß wird. Mit meinem Hut gehe ich sehr sanft um, und es scheint mir immer, wenn ich meinen Hut noch berühren kann, in der zarten Weise, wie ich es gewohnt bin, so sei ich immer noch ein ganz glücklicher Mensch. Besondere Freude macht es mir, ihn, wenn es Feierabend geworden ist, sorgsam auf die Scheitel zu setzen. Das ist mir immer der geliebte Abschluß eines jeden Tages. Mein Leben besteht ja aus lauter Kleinigkeiten, das wiederhole ich mir immer wieder, und das kommt mir so wunderlich vor. Für große Ideale, die die Menschheit betreffen, habe ich es nie passend gefunden, zu schwärmen, denn ich bin im Grunde mehr kritisch als schwärmerisch veranlagt, wofür ich mir ein Kompliment mache. Ich bin so einer, der es als herabsetzend empfindet, wenn er einem idealen Menschen in langen Haaren, Sandalen an den nackten Beinen, Schurzfell um die Lenden und Blumen im Haar begegnet. Ich lächle dann verlegen in solchen Fällen. Laut lachen, was man doch am liebsten möchte, kann man nicht, auch ist es eigentlich mehr zum Ärgerlich-Werden, als zum Lachen, unter Menschen zu leben, die an einer glatten Scheitel, wie ich sie trage, keinen Geschmack finden. Ich ärgere mich eben gerne, deshalb ärgere ich mich, wo sich mir nur immer eine Gelegenheit bietet. Ich mache öfters hämische Bemerkungen, und habe es doch sicherlich wenig nötig, meine Bosheit an andern auszulassen, da ich doch genug weiß, was es heißt, unter der Spottsucht anderer zu leiden. Aber das ist es ja: ich mache gar keine Beobachtungen, nehme keine Lehren an und verfahre immer noch so, wie an dem Tage, da ich aus der Schule entlassen wurde. Viel Schulknabenhaftes klebt an mir und wird wahrscheinlich mein beständiger Begleiter durchs Leben bleiben. Es soll solche Menschen geben, die gar keine Spur von Besserungsfähigkeit und kein Talent besitzen, sich an der anderen Benehmen auszubilden. Nein, ich bilde mich nicht, denn ich finde es unter meiner Würde, mich dem Bildungsdrang hinzugeben. Außerdem bin ich schon gebildet genug, um einen Stock mit einiger Manier in der Hand zu tragen und eine Schleife um den Hemdkragen binden zu können und den Eßlöffel mit der rechten Hand anzufassen und zu sagen, auf eine bezügliche Frage: »Danke, ja, es war sehr hübsch gestern abend!« Was soll die Bildung viel aus mir machen? Hand auf die Brust: ich glaube, da käme die Bildung ganz und gar an den Unrichtigen. Ich strebe nach Geld und nach bequemen Würden, das ist mein Bildungsdrang! Über einen Erdarbeiter komme ich mir furchtbar erhaben vor, wenn er mich auch, wenn er wollte, mit dem Zeigefinger seiner linken Hand in ein Erdloch, wo ich mich beschmutzen würde, hinabschleudern könnte. Kraft und Schönheit an armen Menschen und in bescheidenem Gewande machen auf mich keinen Eindruck. Ich denke immer, wenn ich solch einen Menschen sehe, wie gut es unsereiner doch habe mit der überlegenen Weltstellung, einem solch ausgearbeiteten Tropf gegenüber, und kein Mitleid beschleicht mein Herz. Wo hätte ich ein Herz? Ich habe vergessen, daß ich eines habe. Gewiß ist das traurig, aber wo fände ich es für angebracht, Trauer zu empfinden. Trauer empfindet man nur, wenn man einen Geldverlust aufzuweisen hat, oder wenn einem der neue Hut nicht recht passen will, oder wenn plötzlich die Werte auf der Börse sinken, und dann muß man sich noch fragen, ob das Trauer ist oder nicht, und es ist bei näherem Zusehen keine, sondern nur ein angeflogenes Bedauern, das verfliegt wie der Wind. Es ist, nein, wie kann ich mich da ausdrücken: es ist wunderbar seltsam, so keine Gefühle zu haben, so gar nicht zu wissen, was ein Empfinden ist. Gefühle, die die eigene Person betreffen, hat jeder, und das sind im Grunde verwerfliche, der Gesamtheit gegenüber anmaßliche Gefühle. Aber Gefühle für einen jeden? Wohl hat man bisweilen Lust, sich darüber zu befragen, spürt etwas wie eine leise Sehnsucht danach, ein guter, bereitwilliger Mensch zu werden, aber, wann käme man dazu? Etwa um sieben Uhr des Morgens, oder sonst wann? Schon am Freitag und dann während des darauffolgenden ganzen Samstages besinne ich mich darauf, was ich am Sonntage unternehmen könnte, weil doch immer am Sonntag etwas unternommen werden muß. Allein gehe ich selten. Gewöhnlich schließe ich mich einer Gesellschaft von jungen Leuten an, wie sich eben einer anschließt, es geht ganz einfach, man geht einfach mit, obschon man weiß, daß man ein ziemlich langweiliger Geselle ist. Ich fahre zum Beispiel mit einem Dampfboot über den See, oder gehe zu Fuß in den Wald, oder fahre mit der Eisenbahn an entferntere schöne Orte. Oft begleite ich junge Mädchen zum Tanz, und ich habe die Erfahrung gemacht, daß mich die Mädchen gerne leiden mögen. Ich habe ein weißes Gesicht, schöne Hände, einen eleganten, flatternden Frack, Handschuhe, Ringe an den Fingern, einen mit Silber beschlagenen Stock, sauber gewichste Schuhe und ein zartes, sonntägliches Wesen, eine so merkwürdige Stimme und etwas leis Verdrossenes um den Mund, etwas, wofür ich selber kein Wort habe, das mich aber den jungen Mädchen zu empfehlen scheint. Wenn ich spreche, klingt es, als ob ein Mann von Gewicht spräche. Das Wichtigtuerische gefällt, da ist kein Zweifel zu hegen. Was den Tanz betrifft, so tanze ich, wie einer, der eben erst Tanzunterricht genommen und genossen hat: flott, zierlich, pünktlich, genau, aber zu schnell und zu saftlos. Es ist Genauigkeit und Sprunghaftigkeit in meinem Tanz, aber nur keine Grazie. Wie könnte ich der Grazie fähig sein! Aber ich tanze leidenschaftlich gern. Wenn ich tanze, vergesse ich, daß ich Helbling bin, denn ich bin dann nichts mehr als nur noch ein glückliches Schweben. Das Bureau mit seinen mannigfaltigen Qualen würde mir keine Erinnerung zu Gesicht bringen. Um mich herum sind gerötete Gesichter, Duft und Glanz von Mädchenkleidern, Mädchenaugen blicken mich an, ich fliege: kann man sich seliger denken? Nun habe ich es doch: einmal in dem Kreise der Woche vermag ich selig zu sein. Eines der Mädchen, die ich stets begleite, ist meine Braut, aber sie behandelt mich schlecht, schlechter, als mich die andern behandeln. Sie ist mir, wie ich wohl bemerke, auch keineswegs treu, liebt mich wohl kaum, und ich, liebe ich sie etwa? Ich habe viele Fehler an mir, die ich freimütig ausgesprochen habe, aber hier scheinen mir alle meine Fehler und Mängel vergeben zu sein: ich liebe sie. Es ist mein Glück, daß ich sie lieben, und um ihretwillen oft verzagen darf. Sie gibt mir ihre Handschuhe und ihren rosaseidenen Schirm zu tragen, wenn es Sommer ist, und im Winter darf ich ihr im tiefen Schnee nachtrotteln, um ihr die Schlittschuhe nachzutragen. Ich begreife die Liebe nicht, aber spüre sie. Gut und böse sind doch nichts gegen die Liebe, die gar nichts anderes und übriges kennt, als Liebe. Wie soll ich das sagen: so nichtswürdig und leer ich sonst immer bin, so ist doch noch nicht alles verloren, denn ich bin wirklich der treuen Liebe fähig, obschon ich zur Treulosigkeit Gelegenheit genug hätte. Ich fahre mit ihr im Sonnenschein, unter dem blauen Himmel, in einem Nachen, den ich vorwärtsrudere, auf dem See, und lächle sie immer an, während sie sich zu langweilen scheint. Ich bin ja auch ein ganz langweiliger Kerl. Ihre Mutter hat eine kleine, armselige, etwas verrufene Arbeiterkneipe, wo ich Sonntage lang zubringen kann mit Sitzen, Schweigen und Sie-Ansehen. Manchmal beugt sich auch ihr Gesicht zu dem meinigen hinunter, um mich einen Kuß ihr auf den Mund drücken zu lassen. Sie hat ein süßes, süßes Gesicht. An ihrer Wange befindet sich eine alte, vernarbte Schramme, was ihren Mund ein wenig verzerrt, aber ins Süße. Augen hat sie ganz kleine, mit denen sie einen so listig anblinzelt, als wollte sie sagen: »Dir will ich es auch noch zeigen!« Oft setzt sie sich zu mir auf das schäbige, harte Wirtshaussofa, und flüstert mir ins Ohr, daß es doch schön sei, verlobt zu sein. Ich weiß selten etwas zu ihr zu sagen, denn ich fürchte immer, daß es nicht passend wäre, so schweige ich, und wünsche doch heftig, zu ihr etwas zu sprechen. Einmal hat sie mir ihr kleines, duftendes Ohr an meine Lippen gereicht: Ob ich ihr nichts zu sagen hätte, das man nur flüstern könne? Ich sagte zitternd, daß ich nichts wüßte, und da hat sie mir eine Ohrfeige gegeben und hat dazu gelacht, aber nicht freundlich, sondern kalt. Mit ihrer Mutter und ihrer kleinen Schwester steht sie nicht gut und will nicht haben, daß ich der Kleinen Freundlichkeiten erweise. Ihre Mutter hat eine rote Nase vom Trinken, und ist ein lebhaftes, kleines Weib, das sich gern zu den Männern an den Tisch setzt. Aber meine Braut setzt sich auch zu den Männern. Sie hat mir einmal leise gesagt: »Ich bin nicht mehr keusch«, in einem Ton der Natürlichkeit, und ich habe nichts dagegen einzuwenden gehabt. Was wäre es gewesen, was ich ihr dazu hätte sagen können. Andern Mädchen gegenüber habe ich einen gewissen Schneid, sogar Wortwitz, aber bei ihr sitze ich stumm und sehe sie an und verfolge jede ihrer Manieren mit meinen Augen. Ich sitze jedesmal so lang, bis die Wirtschaft geschlossen werden muß, oder noch länger, bis sie mich nach Hause schickt. Wenn die Tochter nicht da ist, setzt sich ihre Mutter zu mir an den Tisch und versucht, die Abwesende in meinen Augen schlecht zu machen. Ich wehre nur so mit der Hand ab und lächle dazu. Die Mutter haßt ihre Tochter, und es liegt auf der Hand, daß sie sich beide hassen, denn sie sind sich im Wege mit ihren Absichten. Beide wollen einen Mann haben, und beide mißgönnen einander den Mann. Wenn ich abends so auf dem Sofa sitze, merken es alle Leute, die in der Kneipe verkehren, daß ich der Bräutigam bin, und jeder will an mich wohlwollende Worte richten, was mir ziemlich gleichgültig ist. Das kleine Mädchen, das noch in die Schule geht, liest neben mir in ihren Büchern, oder sie schreibt große, lange Buchstaben in ihr Schreibheft und reicht es mir immer dar, um mich das Geschriebene durchsehen zu lassen. Sonst habe ich nie auf so kleine Geschöpfe geachtet, und nun mit einem Male sehe ich ein, wie interessant jedes kleine, aufwachsende Geschöpf ist. Daran ist meine Liebe zu der andern schuld. Man wird besser und aufgeweckter durch eine ehrliche Liebe. Im Winter sagt sie zu mir: »Du, es wird schön sein im Frühling, wenn wir zusammen durch die Gartenwege spazieren werden«, und im Frühling sagt sie: »Es ist langweilig mit dir.« Sie will in einer großen Stadt verheiratet sein, denn sie will noch etwas haben vom Leben. Die Theater und Maskenbälle, schöne Kostüme, Wein, lachende Unterhaltung, fröhliche, erhitzte Menschen, das liebt sie, dafür schwärmt sie. Ich schwärme eigentlich auch dafür, aber wie das sich alles machen soll, weiß ich nicht. Ich habe ihr gesagt: »Vielleicht verliere ich auf nächsten Winter meine Stellung!« Da hat sie mich groß angeschaut und mich gefragt: »Warum?« Was hätte ich ihr für eine Antwort geben sollen? Ich kann ihr doch nicht meine ganze Charakteranlage in einem Atem herunterschildern. Sie würde mich verachten. Bis jetzt meint sie immer, daß ich ein Mann sei von einiger Tüchtigkeit, ein Mann, allerdings ein etwas komischer und langweiliger, aber doch ein Mann, der seine Stellung in der Welt habe. Wenn ich ihr nun sagte: »Du irrst dich, meine Stellung ist eine äußerst schwankende«, so hat sie keinen Grund, weiter meinen Umgang zu wünschen, da sie doch alle ihre Hoffnungen in bezug auf mich zerstört sieht. Ich lasse es gehen, ich bin ein Meister darin, eine Sache schlitteln zu lassen, wie man zu sagen pflegt. Vielleicht, wenn ich Tanzlehrer oder Restaurateur oder Regisseur wäre, oder sonst irgendeinen Beruf hätte, der mit dem Vergnügen der Menschen zusammenhängt, würde ich Glück haben, denn ich bin so ein Mensch, so ein tänzelnder, schwebender, beineherumwerfender, leichter, flotter, leiser, sich stets verbückender und zartempfindender, der Glück hätte, wenn er Wirt, Tänzer, Bühnenleiter oder so etwas wie Schneider wäre. Wenn ich Gelegenheit habe, ein Kompliment zu machen, bin ich glücklich. Läßt das nicht tief blicken? Ich bringe sogar da Verneigungen an, wo es gar nicht üblich ist, oder wo nur Scharwenzler und Dummköpfe sich verbeugen, so sehr bin ich in die Sache verliebt. Für eine ernste Mannesarbeit habe ich weder einen Geist noch eine Vernunft, noch Ohr, noch Auge und Sinn. Es ist mir das mir am fernsten Liegende, was es auf der Welt geben könnte. Ich will Profit machen, aber es soll mich nur ein Zwinkern mit den Augen, höchstens ein faules Handausstrecken kosten. Sonst ist Scheu vor der Arbeit an Männern etwas nicht ganz Natürliches, aber mich kleidet es, mir paßt es, wenn es auch ein trauriges Kleid ist, das mir da so vorzüglich paßt, und wenn der Schnitt des Kleides auch ein erbärmlicher ist: warum sollte ich nicht sagen: »Es sitzt mir«, wenn doch jedes Menschenauge sieht, daß es mir faltenlos sitzt. Die Scheu vor der Arbeit! Aber ich will nichts mehr darüber sagen. Ich meine übrigens immer, das Klima, die feuchte Seeluft, sei schuld daran, daß ich nicht zum Arbeiten komme, und suche jetzt, gedrängt von dieser Erkenntnis, Stellung im Süden, oder in den Bergen. Ich könnte ein Hotel dirigieren, oder eine Fabrik leiten, oder die Kasse einer kleineren Bank verwalten. Eine sonnige, freie Landschaft müßte imstande sein, in mir Talente zu entwickeln, die bis jetzt in mir geschlafen haben. Eine Südfruchthandlung wäre auch nichts Übles. Auf jeden Fall bin ich ein Mensch, der immer meint, durch eine äußerliche Veränderung innerlich ungeheuer zu gewinnen. Ein anderes Klima würde auch eine andere Mittagstafel erzeugen, und das ist es vielleicht, was mir fehlt. Bin ich eigentlich krank? Mir fehlt so viel, mir mangelt eigentlich alles. Sollte ich ein unglücklicher Mensch sein? Sollte ich ungewöhnliche Anlagen besitzen? Sollte es eine Art Krankheit sein, sich beständig, wie ich es tue, mit solchen Fragen abzugeben? Jedenfalls ist es eine nicht ganz normale Sache. Heute bin ich wieder zehn Minuten zu spät in die Bank gekommen. Ich komme nicht mehr dazu, zur rechten Zeit anzutreten, wie andere. Ich sollte eigentlich ganz allein auf der Welt sein, ich, Helbling, und sonst kein anderes lebendes Wesen. Keine Sonne, keine Kultur, ich nackt auf einem hohen Stein, kein Sturm, nicht einmal eine Welle, kein Wasser, kein Wind, keine Straßen, keine Banken, kein Geld, keine Zeit und kein Atem. Ich würde dann jedenfalls nicht mehr Angst haben. Keine Angst mehr und keine Fragen, und ich würde auch nicht mehr zu spät kommen. Ich könnte die Vorstellung haben, daß ich im Bett läge, ewig im Bett. Das wäre vielleicht das Schönste!

(1913)

DER ARME MANN

Er war ein unscheinbarer, gedrückter, zaghafter, armer Mann. Energie und Selbstbewußtsein waren nicht seine Sache. Stolz kannte er keinen. Wo hätte er Stolz haben wollen? Er war klein, unbedeutend und schwach. Die Zeitung las er mit einem Gefühl von Bewunderung. Er staunte große Herren ehrfurchtsvoll an. Alles achtete er, nur sich selber nicht. Woher hätte er Achtung vor sich selbst nehmen wollen? Von Figur war er ebenso unansehnlich und schmächtig wie von Charakter. Sein Leben bestand aus Unterwürfigkeit und Gehorsam. Der Sinn seines Lebenswandels war ein fortlaufendes, armes Sichschmiegen, Durchschlüpfen, Abfinden und Ducken. Er war und blieb arm. Zart und dünn war er und geboren zum Dienen und Nichtsbedeuten. Feig und knechtisch war er nicht. Hierunter versteht man etwas anderes. Knechtisch gesinnt ist der, der anders gesinnt sein könnte und der eigentlich verpflichtet wäre, anders gesinnt zu sein. Feig ist der, der da ganz genau weiß, daß er Mut und Tapferkeit zeigen sollte. Unser Mann hier wußte weder von Feigheit noch von Tapferkeit etwas, er wußte nur, daß er ein armer Mann sei. Es gibt Leute, die durch gemeine, feige Haltung hoch emporsteigen, während ihnen, wenn sie sich mannhaft und charakterfest aufführen würden, das Leben sauer gemacht werden könnte. Hier unser Mann dachte keinen Augenblick ans Emporsteigen und Laufbahnmachen, er trug niemals in seiner armen kleinen Seele einen solchen vermessenen Gedanken. Irgend etwas in der Welt bedeuten, war für ihn zu kühn. Er war für die Armut geschaffen und für die Niedrigkeit geboren. Ach, was für ein kläglich, armselig Lied singe und intoniere ich hier? Bin ich der Musikant der Kläglichkeit geworden? Ihm war immer bang, und gegenüber den Dingen der Welt, die er vollkommen respektierte, kannte er nur ein fortwährendes Erzittern. Ein Bureaulist, Kanzlist und Schreiber war er, so ein dürftiges, armes, Papier in der Hand hin- und hertragendes, scheues, schüchternes, bittendes, um Erbarmen, Mitleid und Nachsicht flehendes, armes, schwaches Männchen war er. Der Name Mann paßte für ihn gar nicht. Er glich einem zarten lieben Jüngferchen in Mannsgestalt.

Blaß und abgemergelt sah er aus. Aber er sah nicht schlecht aus. Ich sah ihn einige Mal, und wie ich ihn sah, hatte ich ihn lieb, erbarmte und dauerte er mich, war er mir sympathisch. Auch redete ich ein paar Mal mit ihm. Seine Stimme klang leise und gedrückt. Es war keine rechte Stimme und von einem Klang war keine Rede. Ich habe gedrückte, scheue Wesen, sei es ein Kind, ein Mann, ein armes Frauchen, ein Hund, oder sonst ein armes Tier, ein krankes Kätzchen usw., immer geliebt. Ich habe mich von jeher solchen Wesen sogleich aufs Tiefste, Freieste und Schönste verbunden gefühlt. Stimme und Nase und Gang des Mannes waren einander ähnlich. Stets trug er einen devoten, ehrbaren, sauberen, furchtsamen, dienstbeflissenen, langen, schwarzen Rock. Der Rock war ihm wie angegossen, so als sei er schon im langen, schwarzen Rock zur Welt gekommen, um auf derselben nie zu etwas Höherem zu gelangen als dazu: sich vor ihr zu fürchten! Sein zaghafter, feiner, netter, furchtsamer Schritt bettelte und stotterte um Verzeihung für das Wagnis Gang und das Verbrechen Auftreten, denn er fürchtete stets, er stoße irgendwo an und kränke irgend jemanden. Über seine Kindheit ist mir nichts bekannt. Ob er noch lebt, weiß ich nicht. Vielleicht starb er. Du Guter, Armer, daß du in den schönsten, strahlendsten Himmel kommen mögest, daß dich Engel mit wunderbarem Gefieder umflattern. Daß dich die süßeste Liebes- und Trostmusik umtöne, und daß du selig seiest im Himmel. Selig sind ja die Armen und Schwachen. Ihnen gehört das Himmelreich! Er tat nie irgend jemand weh, trat nie irgend jemand zu nah und er fügte nie irgend jemand etwas Leides zu. Wie hätte er das je vermocht. Zum Wehtun gehört mehr Kraft, als der arme Mann besaß. Ein einziges Mal in seinem stillen, sanften Dulderleben rebellierte er, begehrte er auf und stellte er sich, wie man sagt, auf die Hinterfüße.

Er trat wegen einer erlittenen Ungerechtigkeit, die ihm zu bunt und zu dick war, vor seinen gestrengen und erhabenen Herrn Direktor und forderte seine Entlassung, welche ihm allsogleich gegeben wurde:

»Kommen Sie so? Das hätten wir Ihnen nicht zugetraut. Wissen Sie, was das ist? Wir wollen es Ihnen sagen. Das ist so und so, und kurz und gut: Sie können ihre Sachen packen und gehen. Aufsätzige Angestellte haben wir nicht nötig. Voilà!«

Und der Arme sah sich auf die Straße gesetzt. Er sah sich herzlos entlassen, wo er in seiner Treuherzigkeit und seinem Gerechtigkeitssinn geglaubt hatte, man würde sich bemühen, ihn zu bewegen, ferner im Dienst zu verweilen.

Das war in des armen, guten Mannes Leben das große Erlebnis. Kurze Zeit darauf bettelte er um Gnade und gütiges Verzeihen, daß ihm der Herr Direktor doch das Geschehene verzeihen und ihn wieder anstellen möge. Man hatte Nachsicht mit ihm, und weil er ein treulicher, fleißiger und pünktlicher Arbeiter war, so wurde er wieder aufgenommen, und der Mann war glücklich darüber.

»Ei, Sie müssen nicht aufprotzen, potztausend«, sagte der Herr Gewalthaber. Das Männchen kratzte sich im Haar, schaute demütig zu Boden und lächelte.

O du guter, sanfter, geduldiger Mann, du liebes gutes Wesen, das nie ein Unrecht tat, möge Gott dich behüten. Amen!

Nachtrag: Mit seinem Gut ging der arme Mann stets äußerst sorgfältig um. Seine Stiefel waren immer peinlich sauber. Schulden machte er nie. Seine Wohnung entsprach seiner Bescheidenheit und Sparsamkeit. Wie viel Kinder er hatte, oder ob er überhaupt Kinder hatte, ist mir nicht bekannt. Wenn er eine Frau hatte, so liebte und ehrte er sie sicher, und wenn er Junggeselle war, so gab seine Aufführung sicher keinen Anlaß zu klagen. Eine Beschwerde war nie nötig, gegen ihn einzureichen. Wenn ihn in der Wirtschaft die Kellnerin nur nicht gänzlich sitzen ließ, sondern ihn mit einiger Freundlichkeit behandelte, so war er froh. Politisiert hat er stets sanft. Es versteht sich dies eigentlich von selber. Er war kein Revolutionär. Seine Steuern bezahlte er pünktlich.

(1916)

POETENLEBEN

Auf Grund der Ermittlungen, die wir veranstalten zu sollen geglaubt haben, können wir sagen, daß dieser Poet eine verhältnismäßig mangelhafte, d. h. dürftige Erziehung genoß, und wir fühlen uns daher berechtigt, Fragen wie folgende aufzuwerfen:

Woher schöpfte er das unerläßliche bißchen Bildung, das nach unserem Dafürhalten ein Poet notwendigerweise besitzen muß?

Die Antwort lautet:

Es gibt ja Lesesäle voll Lesestoff in der Welt. Zum Teil liegen diese Lesezimmer ja sogar im Grünen, derart, daß der emsige Leser, wenn er am offenen Fenster sitzt, noch eine Augen- und Ohrenfreude mithat, wofür er Gott dankt.

Haben wir nicht außerdem gefälligst Stadtbibliotheken, die jedem jungen, unbescholtenen Menschen zugänglich sind und zum Vorteil gereichen?

Der Poet, den wir hier im Auge haben, scheint früh schon einen gewissen Bildungsdurst heftig bewiesen und freundlich an den Tag gelegt zu haben, was selbstverständlich durchaus anerkennenswert ist.

Einem uns zu Ohren gekommenen Gerücht, das uns sagte, daß unser Gegenstand hier eine Zeitlang Straßen gefegt und gereinigt haben soll, schenken wir deshalb entweder nur äußerst geringen oder lieber überhaupt keinen Glauben, weil wir zu wissen meinen, daß da eher Dichtung und Phantasie als Wahrheit und Wirklichkeit mitgespielt haben werden.

Besprochener war vielmehr zu seinem sicherlich absolut nicht geringen Nutzen zeitweilig in der Abteilung für Inseratenwesen einer bedeutenden Verlagsanstalt tätig, womit wir deutlich genug dartun, daß es sich in diesem Poetenleben mehr um sorgsame, saubere Schreib- als um Arbeit mit dem Straßenbesen handelte.

In dem Dasein, das uns interessiert, spielte die feinsinnige, graziös und behend über das Blatt Papier hinschweifende, allerlei niedliche, zierliche Zahlen und Sätze zeichnende, spitzige, zarte Schreibfeder offenbar von jeher eine ausschlaggebende Rolle.

Hammerschläge und Axthiebe sind und waren hier so gut wie gänzlich ausgeschlossen, und mit Nägeln hat Reflektant oder Mittelpunkt dieser Zeilen vermutlich nur immer insoweit irgend etwas zu tun gehabt, als er an die Wand seines Zimmers womöglich einmal ein Bild nagelte und heftete, woraus wohl ohne geringste Bedenken der Schluß gezogen werden darf, daß er weder je im Leben schlosserte, noch jemals schreinerte, was ja, falls es vorgekommen sein könnte, übrigens durchaus nicht weiter übel gewesen wäre.

Wir und solche, die ähnlich denken wie wir, stehen auf dem Standpunkt, der die Überzeugung gibt, daß jegliche fleißig begonnene und mit festem Willen weitergetragene Arbeit den adelt, der sie verrichtet.

Ob nun eine Speditionsfirma hier in Betracht kommt oder eine Bankanstalt allerersten Ranges ins Gewicht fällt, oder ob eine stille, verborgene Rechtsanwaltei (Advokatur) mehr oder weniger bedeutsam am Dichterleben mitwirkte oder nicht: dieses zu prüfen muß doch wohl zunächst völlig nebensächlich sein, und es werden uns derlei Dinge vorläufig merklich kühl lassen können.

Wir haben uns hier, wie uns scheint, mehr um innere als um äußere Beziehungen zu kümmern und mehr mit Merkwürdigkeiten als mit Oberflächlichkeiten zu beschäftigen. Inneres weist zwar unserer Meinung nach immer auch auf Äußeres hin, wie denn z. B. Regierungen innere so gut wie äußere Angelegenheiten zu behandeln haben und umgekehrt.

Uns genügt einstweilen die Tatsache sehr, daß wir in der angenehmen Lage sind, mit nicht wieder umzustürzender oder wegzufegender Bestimmtheit feststellen zu können, daß Gegenstandant oder Zielscheibe Handelsbeflissener war, und als solcher stets eifrig und aufrichtig bemüht gewesen ist, feinste Zeugnisse sowohl wie beste und glänzendste Empfehlungen einzuheimsen.

Nebenbei scheint er freilich schon sehr früh angefangen zu haben, auf kleine Streifen Papier Gedichte zu schreiben. Er saß bei jederlei Wetter, zu jeder Tages- und Jahreszeit in allerlei geheizten oder ungeheizten Zimmern, Gelassen und Gemächern, um sich mit mehr oder weniger Genugtuung in der denkbar äußersten Weltentlegenheit zeitweise wenigstens seinen Phantasien zu überlassen.

Zu bemerken ist hiebei, daß wir uns jeden Urteiles über den Poeten entschlossen sind zu enthalten. Wir teilen einfach hübsch mit, was uns gelungen ist in Erfahrung zu bringen. Fest steht immerhin, daß der Poet überaus eigensinnig zu verfahren beliebte.

Warum tat er das? Hm!

Wenn sich bewahrheiten sollte, was einige zweifellos nette und artige Leute behauptet haben und noch immer behaupten, nämlich, daß unser Held und jugendlicher Liebhaber zu einer Zeit, wo er als flotter, pflichteifriger Hilfsbuchhalter auf dem und dem Transportversicherungsinstitut beschäftigt war, auf Fließ- oder Löschpapier, wie man es für dicke Foliantenbücher und feierliche, tiefernsthafte Hauptbücher zu verwenden pflegt, seiner Herren Bureaukollegen beziehungsweise Herren Vorgesetzten respektable, löbliche Köpfe abzeichnete, dermaßen gleichsam hochinteressante Dresdener Bilderkabinette wie Münchener Gemäldegalerien genialisch produzierend – so mag das ja an sich gewiß ganz nett und höchst spaßhaft oder verhältnismäßig recht amüsant sein.

Für kennzeichnend können wir indessen derartige Übungen kaum halten; höchstens würden dieselben unter Umständen beweisen, daß zweifellos nebenher vortrefflicher, junger Mann hin und wieder, wie es scheint, durch seine Obliegenheiten nicht besonders stark beansprucht war, was man ja lebhaft geneigt sein könnte zu bedauern.

Mitgeteilt wurde und wird, daß einer der Herren, deren behagliche Bildnisse der Poet anfertigte, demselben bei Gelegenheit gesagt haben soll:

»Ei, ei, Sie haben Talent. Warum gehen Sie jedoch zwecks weiterer Ausbildung nicht schleunig lieber etwa nach München? Hier im Bureau sind nämlich derlei überraschende Kunstleistungen höchlich unpassend. Zeichnerische Begabung muß hier unglücklicherweise ja verkümmern, und wie Sie ahnen werden, sind Taten oder Großtaten eines zukünftigen Genies leider hier nicht recht am Platz.«

Satirische und spöttische Bemerkung, auf die laut Aussage hier Beschriebener erwidert haben soll:

»Unmöglich vermag ich zu glauben, daß ich, wie Sie meinen, geborner Maler wäre. Ungemein starke Anlagen und eine ganz gehörige Ader zum ausübenden Schriftsteller scheinen mir eher in mir zu schlummern. Für Ihren sicher aufrichtig und ehrlich empfundenen, gut gemeinten Wink, kühn nach München zu marschieren, um eine glänzende Existenz zu erobern, danke ich Ihnen herzlich; möchte mir aber immerhin zu bemerken erlauben, daß, ehe ich nach München schwämme und ginge, ich wahrscheinlich viel lieber oder wenigstens fast noch ebenso schnell und gern in den Kaukasus ruderte und spazierte, wo ich Abenteuer antreffen zu können hoffen wollte wie doch wohl sonst nirgends.«

Im Zeugnis, das ihm anläßlich seines Austrittes aus dem Hilfsbuchhalterposten ausgehändigt wurde, stehen unseres Wissens folgende beziehungsreiche wie anspielunggetränkte und gesättigte schöne Worte:

»Er hat sich als höchst brauchbar, ehrlich, fleißig, pflichttreu und talentvoll erwiesen. Auf allerdings durchaus eigenen Wunsch begibt er sich jedoch nachgerade in angemessene Entfernung. Sein ausgezeichnetes Wirken auf Löschpapier wird uns immer unvergeßlich bleiben. Seine künstlerischen Leistungen haben uns derart entzückt, daß wir seinen raschen Austritt herzlich bedauern müssen. Damit er seine zarte feine Begabung nicht gänzlich brach liegen und ruinieren lasse, fühlten wir uns genötigt, ihn flehentlich zu ersuchen, uns zu verlassen. Indem wir ihn ebenso höflich wie dringlich baten, gefällig spazieren zu gehen, wünschten wir ihm auf seine zukünftige beschwerliche Laufbahn alles erdenkliche Glück, und indem er sich entschließt, Abschied von uns zu nehmen, sind wir so zufrieden mit ihm, wie wir keinesfalls auszudrücken vermögen. Die Buchhaltung hat er jederzeit geführt, wie wir vermuten mußten, daß er sie führen werde. Sein Betragen gab im allgemeinen zu weiter keinen als nur zu einigen winzig kleinen Bedenken Anlaß.«

Uns kommt vor, daß in diesem Poetenleben ein ungewöhnlich häufiger Stellen- sowohl wie Ortswechsel stattgefunden habe; wir wollen aber gerne bekennen, daß wir dies einigermaßen begreifen, und zwar deshalb, weil wir notwendigerweise einsehen und zugeben müssen, daß eine junge Seele, die sich berufen fühlt, zu dichten, der Freiheit und der Beweglichkeit bedarf.

Daß sich ein Poet unter allen Umständen zu befreien, zu entfalten suchen müsse, erscheint uns sonnenklar; denn wir sind überzeugt, daß Entfaltung ohne Freiheit sicherlich unmöglich ist. Daneben leuchtet uns sehr wohl ein, daß menschliche Entwicklung nie ganz und gar ohne Situationen ablaufen kann, die ihren Bildner mitunter in ein schlechtes Licht stellen.

Wir behaupten, daß wir solches ohne lange Umschweife anerkennen wollen, wiewohl uns manches eigentlich noch unklar sein muß.

Im kaufmännischen Zentralstellenvermittlungsbureau war Traktant, wie wir zu wissen glauben dürfen, eine nachgerade sattsam bekannte Bewerberfigur. Seine Erscheinung und seine womöglich etwas befremdliche Persönlichkeit lockten daselbst regelmäßig eine Art ironisches Lächeln hervor.

»Ist es wahr, daß Sie Gedichte schreiben?« fragte man ihn.

»Ja, ich glaube es fast«, gab er sanft, gutmütig und demutvoll zur Antwort. Klar ist, daß solch zarte behutsame Antwort allgemein belächelt werden mußte, was denn auch tatsächlich stattfand.

Da und dort scheint der Poet auch als Vorleser bei hohen Damen stark in Betracht gefallen und ziemlich beliebt gewesen zu sein. Er las Selbstgedichtetes so gut wie anderes mit einem Anstand und mit einer Zungenfertigkeit vor, die, wenn nicht Staunen und Bewunderung, so doch wenigstens Zufriedenheit und Vergnügen erregten.

Mehr schmal und dünn als üppig und reichlich, und eher ungenügend als befriedigend war dagegen das Essen, das er zu essen bekam.

Unseres Ermessens nach kann jedoch auf diese gewiß an sich klägliche und recht leidliche Tatsache kein allzu hohes Gewicht zu legen sein, indem es als ziemlich gleichgiltig betrachtet werden darf, ob ein Poet nur Suppe mit Wurst verzehrt oder ob er ganze Speisekarten voll mitwegißt. Hauptsache scheint doch wohl stets zu sein, daß ihm gute Gedichte entstehen. Die entschlüpfen und entstehen ihm aber bei zarter, dürftiger und magerer Kost entschieden besser als bei irgendwelcher andern, hievon sind wir felsenfest überzeugt.

Einem Poeten steht Schlankheit an; er gewähre einen durchgeistigten Anblick. Schon aus beträchtlicher Entfernung soll man ihm ansehen können, daß er sich verhältnismäßig mehr mit tagelangem Denken als mit stundenlangem materiellem Schwelgen abgibt. Dickleibige Dichter sind etwas wie ein Ding der Unmöglichkeit. Dichten heißt nicht dick werden, sondern heißt fasten und entbehren. Von solcherlei Auffassung auch nur einen Schuh oder eine Handbreit abzuweichen, soll für uns ausgeschlossen sein, und es wird niemandem gelingen, uns hinsichtlich des Ausgeprochenen irgendwelche andere Denkart aufzuzwingen oder abzunötigen.

Übrigens dürften ja den Poeten von Zeit zu Zeit wohlhabende, freigebige Leute zum Essen eingeladen haben, was wir aber allerdings höchstens nur vermuten können. Diesbezügliche Beweise herbeizuschaffen ist uns, so sehr wir uns Mühe gegeben haben mochten, leider nicht möglich gewesen.

Soviel uns auszukundschaften gelungen ist und soweit wir glücklicherweise zu Kenntnis haben gelangen können, war er äußerst haushälterisch und sparsam, ja vielleicht in dieser oder jener Hinsicht sogar ein wenig geizig.

Auslagen, Kosten, Spesen gab es für ihn erstaunlich wenig. Schneidern und Ärzten hat er jahraus, jahrein fast so viel wie nichts zu verdienen gegeben.

Ausgesprochener treuer Freund von Wanderungen, der er war, verkehrte er intensiv mit Schuhmachern, denen er die wichtige Aufgabe übertrug, zerrissenes, zerlöchertes Schuhwerk auszubessern und wiederherzustellen.

Was die Kleidung betrifft, so trug er meistens geschenkte Anzüge. Zwingende Ursache, zu Medizinern zu springen, hatte er keine, weil es ihm weiter an Gesundheit nicht fehlte und er folglich nicht das geringste Übelbefinden aufzuweisen haben konnte, was natürlich für ihn von großem Vorteil war. Er ersparte ebenso gut Geld wie Zeit damit. Ärzte freilich vermochten ihn kaum zu loben. Doch wir erinnern hier an den alten Spruch, der bekanntlich lautet, daß man es leider Gottes auch mit bestem Willen nicht jedermann recht machen kann. Irgendwie und -wo stößt der vorzüglichste Mensch an.

Wie er zur Politik stand, wollen wir einstweilen lieber ununtersucht lassen; ebenso wenig sollen wir ausmitteln oder nur anfragen wollen, ob er fleißig zur Kirche ging oder nicht. Alltägliches, Natürliches, Nützliches, Dienliches und Praktisches war es, das ihm nahe lag. Er scheint das von seinem Vater geerbt zu haben.

»Dem heranwachsenden Kinde schleichen Vater und Mutter leise durch das Leben nach«, glauben wir bei der und der Gelegenheit, bei dem und dem passenden Anlaß gesagt zu haben. Schule und Elternhaus haben bedeutenden Einfluß. Die Charaktereigentümlichkeiten beider Eltern ... doch dies sind tiefsinnige Dinge, die wir vorziehen unberührt zu lassen.

Vom Vater ging unter anderem jedenfalls eine Spur und Portion Ironie auf ihn über, die ihm nachlief und treulich anhing wie dem Herrn oder der Herrin das folgsame Hündchen, das nicht aufhört, folgsam und anhänglich zu sein, obschon es vielleicht manchmal Schläge kriegt.

Falls wir uns nicht irren, so arbeitete er einmal zirka acht Tage lang im Kontor eines Elektrizitätswerkes. Nach Verlauf genannter ungewöhnlich kurzer Zeit beschied ihn der Herr Direktor auf das Direktionszimmer, wo er ihm mit kühlen, vielleicht etwas verbogenen, verlegenen, aber ungeheuer vornehmen Worten auseinandersetzte, daß in hohen, höhern und höchsten Industriebetrieben, die ja, wie allgemein bewußt sei, auf nur allerfeinsten und gediegensten Voraussetzungen beruhen, Menschen unmöglich geduldet werden können, von denen es erstens heißt, daß sie dichten, und von denen es zweitens verlautet, daß sie Umgang mit Leuten pflegen, die nicht zur bessern und besten Klasse zählen.

Der Poet ging in der Tat hin und wieder mit nicht sonderlich sauberen Elementen um. Er war in dieser Hinsicht nicht immer sehr klug, dafür aber wenigstens menschlich.

An Etablissementen und Handelshäusern, worin er zu seinem mehr oder weniger starken und großen Nutzen tätig war, sind ferner zu nennen:

Eine an schäumender, blauer Aare gelegene Bierbrauerei, eine von reizender Architektur und lieblicher Landschaft umgebene Hilfs- oder Spar- und Leihkasse, eine Nähmaschinenfabrik, wo er sich prächtig bewährte, eine Strumpfbandweberei, wo er den Schatz seiner Kenntnisse durchaus nicht unwesentlich vermehrte.

Demnach handelt es sich in diesem kleinlichen, wie wir sagen möchten, proletarischen Poetenleben hauptsächlich um Arbeit in allerhand Bureaus und Schreibstuben, um mancherlei Stellenwechsel, sozusagen also um durchaus Alltägliches und Gewöhnliches, d. h. eigentlich um zweierlei: um Bureauarbeit und um Landschaft, um ein Stellenbekleiden und ein Stellenpreisgeben, um ein Herumwandern in warmer, freier Natur und um ein Sitzen, Festkleben und Schreiben an kaufmännischen Schreibtischen, die man Pulte nennt; um Freiheit sowohl wie um Gefangenschaft, um Ungebundenheit sowohl wie um Fessel; um Not, Bedürfnis, Sparsamkeit sowohl wie um üppiges, freches, fröhliches Verschwenden und köstliche, schwelgerische Genüsse, um harte, saure Arbeit sowohl wie um taugenichtsiges, tagediebiges, ins Geratewohl und Gehabdichwohl hineinlebendes, atmendes Vergnügen, um strenge Pflichterfüllung sowohl wie um vergnügliches, rötliches, bläuliches oder grünliches Schlendern, Spazieren und Vagabundieren.

Aus solchen und ähnlichen Dingen empfing der Poet seinen poetischen Grund und Boden. Die Jahreszeiten, Phantasie, Musik und Liebe, Stadt und Land und die Malerei, die Gefühle und Gedanken, das Leben und die wachsende Bildung gaben seiner Poesie die Nahrung, deren sie zu ihrem gesunden Gedeihen bedurfte.

Derart lebte er hin.

Was aus ihm wurde, wie es ihm später ergangen sein mag, entzieht sich unserer Kenntnis. Weitere Spuren vermochten wir einstweilen nicht zu entdecken. Vielleicht wird uns das ein anderes Mal gelingen. Was noch irgendwie zu unternehmen sein kann, wird sich zeigen. Wir wollen sehen, und sobald etwas Neues ausfindig zu machen gewesen sein wird, soll es, falls nur auch dafür schon wieder genügend neues gütiges Interesse vorauszusetzen zu dürfen freundlich gestattet worden wäre, mit Vergnügen mitgeteilt sein. *(1916)*

HELBLING

Helbling arbeitete als fleißiger Angestellter auf einer Bank, die Bank lasse ich stehen, aber das »fleißig« muß ich ausstreichen. Schönen guten Morgen mit deinem »fleißig«! Nein, Helbling war keineswegs fleißig, vielmehr war er träge wie die Sünde. Jung und hübsch war er, nett und artig war er, alles mögliche war er, aber nur nicht fleißig war er, und punkto Pünktlichkeit stand es böse bei ihm. Spätes Aufstehen war sein Hauptfehler. Schade um ihn, er wäre sonst ein ganz brauchbarer junger guter braver Mensch gewesen. Pünktlich zur Arbeit anzutreten schien ihm ein Ding der Unmöglichkeit zu sein. Auch schon munter, Helbling? Besten Dank für das Wörtchen munter. Nein, Helbling war am frühen Morgen nie munter. Um acht Uhr sollte er pünktlich bei der Arbeit sein, aber er kam immer erst acht Uhr zehn, acht Uhr fünfzehn oder acht Uhr zwanzig im Bureau an. Mitunter war es auch schon halb neun Uhr, wenn Herr Helbling aufzutauchen und anzulangen geruhte. Im Bett war Helbling der glücklichste, bei der täglichen Arbeit jedoch der unglücklichste Mensch der Welt, und im späten Eintreffen war er ein Meister. Verspätungen jeglichen Umfanges brachte er spielend zustande. »Das geht so nicht weiter, ich kann es nicht dulden«, sagte Herr Hasler, der Abteilungschef, aber alles Ermahnen nützte bei dem unverbesserlichen Faulpelz nicht das geringste. »Der Schlendrian muß aufhören, das hat keine Art mehr«, sprach Herr Hasler etwa wieder, aber du liebe Zeit, die Wirkung derartiger Worte auf den Tunichtgut war gleich Null. Immer hatte Helbling irgendeine faule Ausflucht flink bei der Hand, wenn er sich verspätete. Bald war dieses, bald war jenes schuld an der Verspätung. Bald war der Schnee schuld, bald war der Hut schuld, bald war der Regen schuld, bald waren die Schuhe schuld. Unerhört sei das, meinte wieder Herr Hasler, aber das Wort machte wenig Eindruck auf den jugendlichen Sünder.

»Bleib im Bett! Wozu schon aufstehen!« piepste ein Spatz, als Helbling eines Morgens aufstehen wollte. »Du scheinst nicht der Dümmste zu sein«, dachte der Faulenzer und blieb liegen. Auf Haslers Frage, weshalb er sich verspätet habe, gab er dreist zur Antwort: »Ein Spatz, der mir nicht der Dümmste zu sein schien, piepste mir zu, ich solle doch nicht schon aufstehen wollen. Daraufhin blieb ich liegen und es ergab sich infolgedessen eine auffallende Verspätung.«

»Faule Ausrede«, sagte Herr Hasler.

»Bleib im Bett, du wirst doch nicht schon aufstehen wollen«, raschelte eine Maus, als Helbling wieder einmal sozusagen auf dem Sprung war, aus den Federn herauszuspringen. »Du sprichst nicht übel«, dachte der Trägling, drehte sich herum und blieb liegen. Als Hasler ihn fragte, weshalb er so verblüffend spät anlange, antwortete er: »Eine Maus raschelte mir zu, ich solle kein törichter Mensch sein. Das Wort nahm ich mir zu Herzen, und hieraus entstand leider Gottes eine allerdings recht stattliche Verspätung, die ich tief bedaure.«

»Faule Ausrede«, murmelte Herr Hasler.

»Bleib im Bett, du wirst es dir doch noch eine kleine Weile unter der Wolldecke wohl sein lassen wollen«, girrte ein Täubchen, als Helbling wieder einmal frühmorgens einsah, daß es zum Aufstehen höchste Zeit sei. »Du gibst mir einen guten Rat«, dachte der bequeme Herr, ließ es sich wohl sein und blieb liegen. Auf Haslers Frage, weshalb er sich neuerdings verspätet habe, sagte er: »Ein Täubchen ist schuld, es lachte mich aus, weil ich Miene machte, aufzustehen. Ei, ei, girrte es, und so blieb ich liegen, bis ich plötzlich zur Einsicht kam, daß eine gehörige Verspätung unvermeidlich sei.«

»Faule Ausrede«, brummte wieder Herr Hasler. Mehr sagte er nicht, dachte sich aber dafür um so mehr.

»Bleib im Bett! Das ist gescheiter als aufstehen. Bedenke, wie hübsch es ist, noch ein wenig auszufaulenzen. Zur Arbeit langst du jederzeit noch früh genug an. Nur nicht allzu eifrig sein. Großer Eifer schadet ja bekanntlich manchmal bloß. Mit der Gewissenhaftigkeit kann man es leicht übertreiben. Pflichttreue ist in vielen Fällen nur ein Esel.« So summte und surrte unserem Helbling eine Fliege um die Nase, als er wieder einmal recht eilig aufstehen und zur Pflicht rennen wollte. »Du scheinst mir witzbegabt, aufgeweckt und weitblickend zu sein. Was du sagst, hat Faden, potztausend! Und ich wäre ein Narr, wenn ich mich mit deiner Anschauungsweise und mit der Art, wie du die Dinge beurteilst, nicht sogleich einverstanden erklärte. Du redest ja wie ein Gelehrter, liebe Fliege«, dachte er und blieb liegen. Auf die Frage Meister Haslers, weshalb er eigentlich immer Verspätungen eintreten lasse, die ebenso bemerkenswert wie anschaulich, ebenso glänzend wie im Grunde jedoch außerordentlich bedauerlich seien, erwiderte er: »Eine Fliege ...« und wollte lang und breit wiederholen, was ihm dieselbe vorgesurrt hatte, aber Herr Hasler schnitt ihm den Redefaden kurzerhand ab, indem er »Faule Ausrede« sagte. Mehr sagte er nicht, dachte sich jedoch dafür desto mehr.

»Was? Schon aufstehen willst du? Warum nicht gar! Bleibe lieber im Bett; rechtzeitig aufstehen ist lächerlich, absurd! Zu befürchten hast du nichts, Herr Hasler ist ja ein gar geduldiger, scharmanter Mann«, trällerte ihm eine Amsel ins Ohr, als er sich wieder einmal beeilen wollte. »Gut gesagt, ungemein gut gesprochen«, dachte der Spätaufsteher und blieb liegen, und wieder gab es eine wahrhaft prächtige Verspätung, wegen der er neuerdings getadelt wurde, was aber gar nichts schadete, weil ja, wie die Amsel geträllert hatte, Herr Hasler ein gar geduldiger Mensch war.

»Faule Ausrede«, sprach Herr Hasler nur wieder, als Helbling mit faulen Ausflüchten erstaunlich flink daherkam.

Langmut und Geduld nehmen aber schließlich ein Ende. Güte und Nachsicht haben ihre Grenzen. Als immer schönere und reichere Verspätungen zustande kamen, hatte es endlich Herr Hasler satt, und eines schönen Tages, im Winter oder im Sommer, es kommt nicht so genau darauf an, wurde Helbling zu verstehen gegeben, daß er gehen könne, womit gemeint war, daß er entlassen sei. Indem man ihm zart andeutete, daß man seiner von nun an nicht mehr bedürfe, wurde er gewissermaßen aufgefordert, sich völlig frei und unabhängig zu fühlen, und indem man ihn freundlich bat, auf den Posten, den er bis dahin bekleidet hatte, gefällig verzichten und sich behufs passender Beschäftigung anderweitig umschauen zu wollen, dankte man ihm für die geleisteten vorzüglichen Dienste sowohl wie für die vielen zustande gebrachten wertvollen Verspätungen herzlich.

Mit etwas weniger gewundenen und verschleierten Worten: Helbling wurde mit Schand und Spott oder mit Spott und Schand (falls letzteres vorteilhafter klingen sollte) fortgeschickt und weggejagt, und von da an langte kein Helbling mehr zu spät zur Arbeit an, es kam zu keinen faulen Ausreden und flinken Ausflüchten mehr, kein Hasler brauchte sich mehr über Verspätungen zu ärgern, denn es tauchte kein

Spätling mehr mit verschlafenem Gesicht auf. Helbling durfte jetzt so lange liegen bleiben als es ihm behagte, es kümmerte sich niemand mehr darum und kein Hahn krähte mehr danach.

(1917)

DER SEKRETÄR

Ich war so dreist gewesen, ein Buch zu schreiben, das ziemlich viel Aufsehen erregte. Die Folge davon war, daß ich ungezwungen zu Leuten von Bedeutung gehen durfte. Ernsthafter und feiner Häuser Türen standen mir sozusagen sperrangelweit offen, das war auf alle Fälle ein Glück für mich. Ich brauchte nur einzutreten und acht zu geben, mich möglichst beständig angenehm zu betragen. Einmal setzte ich den Fuß in eine Gesellschaft von mindestens vierzig vollblütigen Berühmtheiten. Man suche sich den Glanz vorzustellen!

Der kommerzielle Leiter einer Vereinigung bildender Künstler forderte mich eines Tages wohlgewogenermaßen auf, sein Sekretär zu werden. »Ich hoffe«, sprach er, »daß Sie ebensogut Bilder zu verkaufen wie Bücher zu veröffentlichen imstande sind!« Das Anerbieten war zu liebenswürdig, als daß es sorglos hätte abgelehnt werden können. Indem ich auf den Vorschlag einging, nahm ich mir vor, mich von nun an für einigermaßen bemerkenswert zu halten. Ich fühlte mich verpflichtet, mir zu sagen, daß derjenige, der bei Förderungen, die er erlebt, weder Genugtuung empfindet noch Vergnügen zeigt und Zufriedenheit äußert, die Allgemeinheit beleidigt.

Es liegt auf der Hand: Scharfen Verstand, überlegene Intelligenz, hohen oder höchsten Grad von Bildung und Gesittung sollen, falls dies irgendwie denkbar wäre, Sekretäre an den Tag legen. Schon ihre äußere Erscheinung wird selbstverständlich propre und vornehm zu sein haben. Man nimmt an, daß sie geschmeidig und zugleich gescheit, glatt, galant und zugleich in jeder Hinsicht entschlossen seien, gute Geschäfte zu erzielen. Feine Manieren und glänzendes gesellschaftliches Können sind ihnen entschieden angeboren.

Ich weiß nicht, ob ich wirklich alle diese Eigenschaften aufwies, so viel aber weiß ich, daß in meinem Sekretariat die halbe hauptstädtische Welt verkehrte. Personen jeglichen Charakters, allerlei Ranges und Standes drangen mehr oder weniger heftig ins Ministerium, will sagen Hauptquartier hinein: Spitzen der Gesellschaft, elegante Agenten, armes Wandervolk, gerissene Zigeuner, wilde Dichter, beängstigend vornehme Damen, mürrische Fürsten, bildhübsche jugendliche Offiziere, Schriftsteller, Schauspielerinnen, Bildhauer, Diplomaten, Politiker, Kritiker, Publizisten, Theaterdirektoren, Virtuosen, gefeierte Gelehrte, Verleger und Finanzgenies. Ein und aus ging Längstobenangekommenes wie Untenherumtastendes und Hochemporstrebendes; hellstrahlende und glänzende wie düstere und beklemmende Existenzen. Gleich merkwürdigem Maskenzuge spazierte herein: jung und alt, arm und reich, gesund und gebrechlich, hoch und niedrig, fröhlich und grämlich, glücklich und unglücklich, frech und schüchtern, heiter und traurig, hübsch und häßlich, artig und unartig, glanzumwoben und schäbig, angesehen und niedergeschlagen, stolz und hilfeflehend, berühmt und unbekannt, Gesichter, Gesten und Gestalten von allen Gattungen.

Kunstausstellungen vorfolgen bekanntlich den Zweck, Kunstwerke auf vorteilhafte Art sichtbar zu machen und Käufer hiefür anzulocken. Der Sekretär spielt die Rolle des Unterhändlers oder Vermittlers zwischen Künstlertum und kunstentflammter breiter Öffentlichkeit. Er hat zu sorgen, daß recht viele Abschlüsse definitiv zustande kommen, fleißig Bilder fortverkauft werden. Interessenten erscheinen auf dem Plan, um vielleicht leider für immer schleunig wieder aus dem Gesichtskreis zu verschwinden. Der Sekretär muß aufmerksam sein, der allerunscheinbarste Mann kann sich als Kenner und Käufer jäh entpuppen.

Eine Zeitlang bildete ich mir ein, äußerst gewandt im Kunsthandel zu sein. Sicher ist, daß ich mich zum behaglichen Droschkenfahren auf freundlich belebter, glitzernd heller Straße und zum stunden- und halbstundenlangen heitern Plaudern mit muntern Künstlerfrauen prächtig eignete. Geistvolle Klubabende zeigten mich scheinbar regelmäßig auf der Höhe. Mit Delikateßplatten verstand ich meisterlich umzugehen – Malerinnen besuchte und ermutigte ich oft und gern. In solcher und ähnlicher Hinsicht bewährte ich mich glänzend. Nachträglich bin ich jedoch zur Überzeugung gekommen, daß ich kein sonderlich wertvoller, kluger, umsichtiger und erfolgreicher Gemäldesekretär gewesen sein kann. Sachverständige zuckten über den Umfang dessen, was ich leistete, einigemal merklich die Achsel. Dem Leiter des Unternehmens schien es zu passen, mit seinem Beamten vorzugsweise über Verse und dergleichen zu reden.

Ein stattlicher Nachfolger stempelte mich bald hernach zum Vorgänger und veranlaßte mich, das Amt niederzulegen, vom Posten abzudanken, feinsinnig Platz zu machen und hübsch anderwärts besorgt zu sein. Mir zu zürnen, weil er so kühn gewesen war, Gaben in mir zu vermuten, die ich nicht offenbarte, oder mich gering zu schätzen, fiel meinem Gönner in keiner Weise ein. Um mir zu zeigen, daß er mir weiterhin freundlich gesinnt zu bleiben gedenke, lud er mich mit höflichen und fröhlichen Worten zum Essen ein.

(1917)

DER JUNGE DICHTER

Da er seine Fähigkeiten nicht kannte, so wußte er nicht recht, was er beginnen sollte. Er hatte allerhand Anlagen, wollte dies und das – der Kuckuck weiß was alles. Die Folge war, daß er zur Seite ging, um in einem Winkel über sich hinzubrüten.

Er war guter Eltern Kind, ging ordentlich in die Schule, wo er sich durchaus nicht weigerte, artig und aufmerksam zu sein. Ungemein fesselte ihn die Arithmetik; der Religionsunterricht entzückte ihn.

Weil er eine saubere, nette, flinke Handschrift schrieb und am Zeichnen von Buchstaben eine besondere Freude bekundete, so sagte ihm einmal der Schreiblehrer, er solle Büroangestellter zu werden trachten; das sei für ihn offenbar das beste.

Späterhin trat er in der Tat in ein Büro und war nichts weniger als unarbeitsam; vielmehr erwies er sich als denkbar brauchbar. Er arbeitete jedoch ganz mechanisch. Sein Kopf war meist anderswo: in irgendeinem Unbestimmten, Undeutlichen. Es zeigte sich, daß er eine Art Träumer sei. Der Träumer war aber mit seiner Träumerei keineswegs einverstanden. Er hielt dieselbe für schädlich; doch bemühte er sich vergeblich, sich von ihr zu befreien. Er hätte lieber nie träumen mögen. Die Neigung war ihm aber sozusagen angeboren; sie lief ihm nach wie ein treuer Hund. Wohl gab er sich redlich Mühe, sie zu vertreiben; doch sie kam immer wieder zu ihm hin, um sich ihm anzuhängen. So träumte er denn fleißig weiter. Er war arm, und ein Gedanke sagte ihm, daß er dies immer sein würde. Er fand es ganz natürlich.

Ich sagte oben, daß er zur Seite ging, um zu studieren; es ist dies durchaus wahr. Er wollte nämlich seinen wahren Beruf ausfindig machen. Die Tätigkeit im Büro hielt er nicht für seinen wahren Lebenszweck. Da er sich nach einer Aufgabe sehnte, in die er völlig aufgehen könnte; nach einer Sache strebte, die ihn gänzlich gefangen nehmen würde, so sagte er adieu und ging fort, obschon er in keiner Weise wußte, wohin. Ihm war es aber zunächst ganz einfach nur ums Fortmarschieren zu tun. Alles weitere, sagte er zu sich selbst, würde sich finden.

Er senkte sich in die Einsamkeit, wo er zunächst eher weinte als frohlockte; denn er glaubte sich von allem Schönen und Guten völlig verlassen. Ja, dies war eine bittere Erfahrung. Nur langsam beruhigte er sich. Er überlegte, wieviel Geld er habe. Die Frage drängte sich dem Arbeitslosen von selber auf. Er war jetzt arbeitslos, und sein ganzes Denken war darauf gerichtet, auf welche Art er sich beschäftigen könne. Sein trauriges, blasses halb erfrornes Stübchen lag sehr abseits. Es war kalt im Zimmer; doch dann und wann schien die Sonne.

Da er den ganzen Tag am Tisch saß und unwillkürlich den Federhalter in die Hand nahm, weil er bisher zu schreiben gewöhnt gewesen war, so kritzelte er, um nur in all der Stille und Langeweile irgend etwas zu tun, krauses Zeug auf einen Bogen Papier, Striche, kleine Häuser, Figuren wie Bäume, Mond und Sterne oder einen Vogel, oder er schrieb hin: »Ich bereue sehr, auf und davon gegangen zu sein, um einen höhern Sinn aufzustöbern. Ich wünsche nichts so lebhaft, als daß ich geblieben wäre, wo ich war. Mir war so wohl. Weshalb sah ich das nicht ein? Doch man sagt ja, Einsicht komme spät.«

An solche und ähnliche sonderbare Sätze flocht er ausschweifende Dekorationslinien, runde, weiche oder spitzige und krallige.

So saß er also die ganze Zeit in einem Sehnen nach dorthin, wohin er seiner Natur gemäß hinpasse. In seiner Phantasie erstieg er alle erdenkliche Stufen und lief in Gedanken durch allerlei Art Leben.

Stundenlang lauschte er auf seine Einfälle, wobei er grad vor sich hin an die Wand oder auch durchs Fenster schaute. Sein Blick war dabei heiter; die Miene ruhig und freundlich. Nach und nach gefiel er sich in diesem Zustand. Er fand es schön, sich mit reiner Vorstellung zu befassen und die Gedanken anzuschauen. Er langweilte sich nie dabei. Das Eintönige wurde ihm zur Gewohnheit; dann zum Bedürfnis ...

(1918)

ERICH

In einem Bureau schrieb ein junger Mann fromm und zart und artig; jeden Sonntag ging er in die Kirche, seinen Geschwistern schrieb er Briefe, erzählte ihnen darin, wie es ihm gehe, beschrieb diese und jene Eigentümlichkeit und bat am Schluß jeweilen um Antwort. Seine Eltern würden sich um ihn bekümmert haben, wenn ihnen noch Leben gegönnt gewesen wäre. Vor lauter Bedachtsamkeit war er blaß, vor lauter Feinheit des Fühlens fühllos. Am Pult stützte er oft den Kopf in die Hand, träumte vom Erleben einer Geschichte, aber es wollte sich nichts Unalltägliches ereignen. Gewiß bewohnte er ein Zimmer mit Alkoven, töpperlete mit dem Finger an die Wand, so daß der Nachbar herüberrief: »Was wollen Sie?« – »Ich langweile mich«, gab er zur Antwort, »und das Geklöpfel und Bedeutel bedeutet weiter nichts als Gebrauchmachen von einer Möglichkeit der Zerstreuung.« – »Wollen Sie's, bitte, unterwege lassen, es stört mich.« Erwidert wurde: »Fürchten Sie keine Unterbrechungen mehr.« Die Zimmervermieterin brachte ihm jeden frühen Morgen den Kaffee; sie war rund wie ein Apfel und von ebenso gesundem Aussehen. »Wenn Sie's wünschen, will ich Sie heiraten«, sprach der Mieter. Der besann sich nicht sehr lang. Es war so vielsagendes Frühlingswetter, die Straßen so warm, die Leute so leutselig. Sie sagte lachend: »Warum nicht gar? Zum Mann sind Sie mir zu jung. Sie könnten mein Söhnchen sein.« Das fand er nicht interessant. Einigemal besuchte ihn ein Mädchen. Darüber war die Wirtin intrigiert; nein, das nicht, aber sie konnte nicht umhin, zu sagen, wie unlieb es ihr sei, wenn das Fräulein mehr käme. Am Fenster zu stehen und den Kopf in die Luft zu strecken, machte ihn sehnsüchtig. Sehnsüchtig sein heißt nicht wissen, wohin man möchte. Um sich Abwechslung zu leisten, wechselte er häufig sein Zimmer. Abendlandschaften glichen Abendmählern der Natur, der Sonnenuntergang einem Jesusantlitz, die Wälder voll tönender Farbe. Er war innerlich entsetzlich schnell reich und arm, ruhig und unruhig; seine Handschrift deutete auf eine zierliche Borniertheit: er besaß Sinn sowohl für Zwang wie Schwung. Einst kam er in einen Saal, der durch eine dunkeleichene Balustrade in zwei Hälften geteilt war. Schade, daß keine Schöne im Bett lag. Das Gemach kostete vierzig Franken; mehr wie achtzehn monatlich gab er nie für ein Zimmer aus. Er guckte sich rasch durch alle Fenster satt, nahm vom vornehmsten Raum, den er je erblickt hatte, Abschied, ging unglücklich weg, um bald darauf wieder ziemlich glücklich zu werden. Bei ihm handelte es sich immer um ein Wiederaufsuchen der Festigkeit bei häufiger Einbuße derselben. Alles ging ihn viel und nichts an. Nie mit sich einig sein, war eine seiner Eigenheiten; er fand nie den Mut, zu glauben, er könne je von Menschen geliebt sein, hörte aber seine Seele ihn sogleich auch jedesmal darüber trösten. Er hielt sich weder für stark, noch für schwach, wandte sich bald so oder so, je nach der Lage. Ein Jahr oder zwei ohne nennenswerte Freude zuzubringen, schmeichelte seinem Begriff von Ehre. Da ihn die Menschen beinah dauerten, ertrug er sie gern und glaubte fortwährend an ein Glück, nicht des Glückes, aber des Entzückens wegen, das im Glauben liegt. Wir wollen ihn Erich nennen, weil das so ein blonder, Unschuld und Idealismus ausdrückender Name ist. Eine Zeitlang wohnte er in einer engen, aber baulich interessanten Altstadtgasse bei Schneidersleuten und hatte einmal einen Posten nicht länger als einen Tag inne. Dem Prinzipal gegenüber entschuldigte er sich brieflich deshalb so: »Ich sah ein, daß ich in Ihrem Institut schließlich doch nicht hätte gedeihen können, und floh zu meiner mütterlichen Freundin zurück, was ich höflich bitte, menschlich begreiflich zu finden.« Im Elternhaus hatte er die Geschichte von Pieter Maritz gelesen, dem Burensohn, der im Dienst der Seinigen gegen seinen besten Freund kämpfte. An der Gemeindestraße befand sich eine Kaffeestube oder alkoholfreie Wirtschaft, wo man eine Tasse Schokolade für zwanzig Rappen und ein Stück Napfkuchen um denselben Preis haben konnte. Eine Portion Bratkartoffeln kostete fünfzehn Centimes. Vom Fenster aus schaute man in einen herzigen Garten; Blumen schienen dem Essenden zu sagen: »Laß es dir schmecken.« Die Kellnerin tuschelte Erich eines Tages zu, ein Herr habe sich bei ihr nach ihm erkundigt. »Und was sagten Sie ihm?« – »Was konnt' ich ihm sagen, da mir weder Ihr werter Name noch Ihr Tun und Treiben bekannt sind.« – »Ich kenne mich noch selber kaum«, antwortete er, »und traue keiner Hoffnung; irgend etwas sagt mir, es sei ein Glück, sich mit Fragen über seine Bestimmung zu verschonen.« Ins Lokal kam öfters eine so wunderbar behandschuhte, mit so viel Würde ausgestattete Dame, daß es ihm nicht schwerfiel, ihr im Geist ein marmornes, mit kunstvoll gewundenen, herrlichen Treppen versehenes Schloß zu schenken und sich, während er Spiegeleier aß, zu ihrem Pagen zu machen, wofür er sowohl Figur wie Begabung zu besitzen glaubte. Schöne Hände, wie schaute er die fürs Leben gern an! Während sechs Jahren ging er ein einziges Mal ins Konzert. Sparsamkeit mundete ihm wie eine gut zubereitete Speise. Den Menschen sind karge siebenzig Jahre zugemessen. Gott gibt nicht viel, damit das Wenige etwas bedeute, Dankbarkeit nicht aussterbe. Es zog ihn häufig zu Bäumen, die still wurzeln, die die Stelle einnehmen, die ihnen der gab, der sie pflanzte. »Dich hätt' ich gern zum Hausfreund«, meinte eine Frau zu ihm, die ihn nur zum Teil verstand. Solche Rolle würd' er sich nie erlaubt haben. Sich und andere ungenau Anschauende täuschen sich mitunter. Von der Freude hält ein Freudiger nicht viel; ein Glücklicher darf viel Glück verschmähen, weil er überzeugt ist, daß es ihm überall begegnet. *(1925)*

ACHT UHR

Früh auf den Beinen, warte ich die Achtuhrstunde ab. Berühmt ist sie; jedem ist ihre Bedeutung bekannt. Alle kennen ihre stille Unerbittlichkeit. Wie viele horchen nicht auf ihren Schlag; fangen an zu eilen, wenn er ertönt. In Restaurants wird aufgeräumt, Stühle werden auf Tische gestellt. Jetzt ist sie da, diejenige, die uns ernst stimmt, die uns erinnert, daß wir Pflichten zu erfüllen, Obliegenheiten zu erledigen, Arbeit zu bewältigen haben. Sie ruft auf Straßen und Plätzen eine Bewegung hervor, die höchstens der übersieht, der gewöhnt ist, an ihr teilzunehmen. Der Beobachter gerät ob ihr in Staunen. Ja, das ist sie, die Treibende, Zwingende, auf deren Ruf das Heer der täglich Arbeitenden aufmarschiert, Angestellte, Beamte, Schüler, Studenten, jung und alt, männlich und weiblich. Um diese Stunde öffnen Banken, Warenhäuser, Geschäfte aller Art, Schulen usw. ihre Büros, Stuben und Hallen. Industrie und Wirtschaft sind tätig, Fabriken fangen zu hämmern an. Jeder Weg ist belebt, jede Passage wird benutzt. Eisenbahnen und Elektrische befördern Leute dorthin, wo mancher von ihnen lieber nicht säße oder stände, aber was fragt Acht Uhr nach persönlichem Gefühl, Geschmack oder Belieben? Hier ist einer, der auf dem Weg zur Arbeit an das Gespräch denkt, das er vergangenen Abend mit seiner Frau, seiner Freundin, einem von seinen Bekannten führte. Die Einfälle, die er vorbrachte, fallen ihm flüchtig wieder ein; er freut sich ihrer oder ist unzufrieden damit.

Ein anderer hatte Unannehmlichkeiten, die ihn nun belästigen, er bemüht sich, die Erinnerung daran sanft oder unsanft abzuschütteln. Hoffentlich gelingt es ihm. Unbehagen zu verdauen ist gesundheitswidrig. Ein dritter lächelt und legt damit den Beweis seelischen Gleichgewichts ab. Ein vierter denkt an Geldausgaben; der, der neben ihm geht, ans willkommene Entgegengesetzte. Kaum beachtet einer den andern, alle sehen sich schon mit ihren Aufgaben beschäftigt. Die Schuhe der meisten glänzen hübsch, die Mäntel sind gebürstet, die Gesichter gewaschen. Einige tragen Mappen. Andere werden sich, bevor sie von zu Hause fortgingen, gefragt haben, ob sie den Schirm mitzunehmen hätten. Dieser oder jener kam vielleicht nicht mal zum Frühstück.

Einige Minuten nach acht ist das Bild verändert. Die, die eilten, sind an Ort und Stelle; eine gewisse Stille macht sich in der Stadt bemerkbar. Das ist acht Uhr früh; eine andere Sorte von acht Uhr ist die Stunde des Beginnens von Konzert und Theater. Die zweite Art ist weniger unhöflich als die erste; sie ladet mehr ein, als daß sie befiehlt. Sie glitzert, während jene scheinbar ohne jeden Schimmer ist. Aber das Prächtige täuscht oft, indes uns die Befolgung dessen, was uns anfänglich hart vorkommt, zu Fröhlichkeiten führt, die wir nicht erwarteten. Acht Uhr abends wird auch geeilt, aber auf andere Art und in anderem Gewande. Man sieht feine Anzüge, verführerische Toiletten, erwartungsvolle Gesichter, die auf das, was Kunst und Gesellschaft bieten mögen, gespannt sind. Schön ist's, wenn jemand zu beiderlei Stunden gut aufgelegt und gesinnt ist, sie gleicherweise gutzuheißen als Verschiedenheiten, die sich ergänzen; bereit ist, zu leisten, wie zu vergessen, daß er sich anstrengte, beglückt zu sein vermöchte durch beides, von der Berufung wie vom Zerstreuenden, an dem einen gesundend und in einem ruhend wie im andern, indem er das Schwere nicht zu schwer und das Leichte nicht zu leicht nähme, das Nötige sich so angenehm zu machen wüßte wie das Schöne, bei Bemühungen heiter und im Genuß bedächtig bliebe. *(1926)*

⟨DIE BÜHNE IST EIN BÜRO⟩

Der Chef
Ein Zuhörer
Ein jugendlicher Commis
Meier von der Stadt
Meier vom Land
Ein Korrespondent
Laiblin
Ein Unterchef
Ein Arbeitsamer

Die Bühne ist ein Büro
An einer Reihe von Pulten arbeiten Angestellte
Der Chef (gleichviel, welches Aussehen er aufweist, ob er dünn oder dick, schlanker oder untersetzter Figur sei, stellt sich den Zuhörern mit den Worten vor): Die anwesenden verehrten Herrschaften erblicken in mir den Hauptmann der Komptabilität.
Ein Zuhörer: Sie hätten dies nicht zu indizieren brauchen. Wir würden Ihnen rasch angemerkt haben, daß Sie Vorgesetzter sind.
Der Chef: Mich reut manchmal, nur zu artig und aufrichtig sein zu müssen. Indem ich aufhöre zu beteuern, daß ich Schauspieler bin, läßt mich die fröhliche Einbildung, ich sei Bürochef, mich folgendermaßen äußern: Welcher von meinen Untergebenen mag es sein, der mit so viel Ungezwungenheit ausradiert, was er mit der Feder fehlerhafterweise hinsetzte? Ich fühle mich zu einem Spaziergang ver-

anlaßt. (Er begibt sich auf die Suche nach dem Ursache zur Vermutung Gebenden.)

Ein jugendlicher Commis: O, was für eine melancholisch-schöne Vormittagsheiterkeit das ist. Meiner Überzeugung nach ist es Montag, ich fühle so recht, wie das wahr ist, was ich da sage. Sie ist süß, in deren Gesellschaft ich den gestrigen Tag verbracht habe.

Der Chef (zum Ausmerzer der Mißstimmigkeiten): Leicht und gern schleichen sich Unliebsamkeiten ein, die man mit gewissermaßen absichtlicher Lautheit, weil man kein sonderlich freudiger Arbeiter ist, durch ein Gekratz ungeschehen machen will, das auf die Nerven fällt.

Der Ertappte: Ich finde es nicht fein, einen immer ertappen zu wollen. Aus Rache gegenüber Ihrer Art und Weise, auf möglichst unappetitliche Art den Vorgesetzten zu spielen ...

Der Chef: Unappetitlich bin ich?

Der Radierkünstler: ... reiße ich jetzt das Fenster brutal auf, um frische Luft, Gottesodem, in den Kerker hineinströmen zu lassen.

Der Chef: Wollen Sie mich etwa zum Kerkermeister machen?

Der Rebell mit dem Federhalter am Ohr (fährt fort zu radieren).

Der Chef: Gab es je einen spitzigeren, grimmigeren Protestanten? Inwiefern Vorgesetzte etwas wie Katholiken sind, die allem, was wohlerzogen ist, hold und allem, was unhöflich ist, abhold sind, entferne ich mich wie die Duldung selber vom Schauplatz der Auflehnung gegen das Prinzip guten Übereinkommens und hülle mich angesichts eines Sträubens gegenüber der Erwünschtheit, passendes Betragen an den Tag zu legen, in die mißbilligendste Billigung, die je empfunden wurde, solange es Verantwortlichkeittragende auf der Welt gibt.

Meier von der Stadt: Mit welchem Erfolg ich gestern in einem Landgasthaus Karten spielte. Meine Körperkräfte wehren sich gegen die Idee, mein Werkzeug bestände bloß in der geringfügigen Vorrichtung, die ich bald zwischen den Lippen einklemme, bald mit der größten Leichtigkeit in die Hand lege. Aus lauter Freude an den Triumphen, die ich am Wirtshaustisch erntete, zerschlug ich einen nicht unwertvollen Spiegel.

Meier vom Land: Wie mir scheint, beneide ich die Degenerierten, diejenigen, die auf den verfeinerten Genüssen wie Musikliebende auf einer Zither spielen. Wenn ich mich nicht nach Zersplitterung sehne, kann ich unmöglich der sein, als der ich hier dastehe. Mehr fällt mir einstweilen zu meiner Charakterisierung nicht ein.

Ein Korrespondent: Unwillkürlich lausche ich mittels meines zum Glück vorhandenen Aufnahmevermögens auf die Sängerinnenstimme, die sich in diesem, wie ich zugeben muß, schönen Augenblick, über die Gasse schallend, die eigentlich eher eine Straße ist, vernehmen läßt.

Der Chef (zu Laiblin): Obschon Sie ein Mensch sind, der mir Sympathie einflößt, weil Sie Manieren haben, möchte ich Sie an die Unstatthaftigkeit mahnen, die mir darin zu liegen scheint, daß Sie Ihre geschätzte Aufmerksamkeit halbstundenlang dem Umstand entgegenzubringen geneigt sind, daß in der Nachbarschaft ein Diener mit Teppichklopfen beschäftigt ist, der den Glauben erwekken könnte, er wäre auf einer Bank tätig gewesen und sei infolge eines Dranges, das Leben von möglichst zahlreichen Gesichtspunkten aus kennenzulernen, nicht ohne verbindlichen Dank für erzielte Bemühungen entlassen worden.

Laiblin: Der Gedanke könnte mich träumerisch machen, der mir empfiehlt, ihn für fähig zu halten, er habe vielleicht heimlich gedichtet. Die Möglichkeit, daß er dies während der Bürozeit, so zwischen der Erfüllung seiner Obliegenheiten könnte getan haben, wird nicht kurzerhand abgelehnt werden können.

Ein Unterchef (zu einem Arbeiter): Ihre Tüchtigkeit, die keine Zweifel zuläßt, berechtigt Sie nicht zu Taktlosigkeiten. Sie schlagen mir gegenüber mitunter einen Ton an, den zu ertragen nachteilig auf meinen Gesamtgesundheitszustand wirkt.

Der anerkannt Brauchbare: Die Tatsache, die Ihnen aus dem Gesicht leuchtet, daß Sie in ungewöhnlich hohem Maß mit mir zufrieden sind, hat für mich etwas Aufreizendes. Mich empört hie und da, daß ich beobachten kann, wie Sie sich an mich und was ich leiste gewöhnen wollen, als bildete ich für Sie eine Selbstverständlichkeit, eine Art Möbel, ein Maschinenbestandteil.

Der Unterchef: Beherrschen Sie sich!

Der Arbeitsame: Von Ihnen wäre es viel klüger, diplomatischer, gleichgewichtinbetrachtziehender, feinfühliger, wenn Sie mich anherrschten, statt mich in einem fort anzuwehklägeln, als wäre ich ein Tiger und Sie ein Opfer. Sie besitzen keinen Schneid.

Der, der nicht regieren kann: Ich werde zum Herrn Direktor hingehen, da mir das Talent versagt ist, Sie unmittelbar zur Respektbezeugung zu veranlassen.

Der Chef (der die beiden belauscht hat): Wäre ich nicht

Machthaber, so zöge ich den totalen Gehorsamszustand jedenfalls dem halben Befehlshabertum vor.

Der junge Commis: Jetzt ist es erst zehn Uhr, und ich muß mir gestehen, daß ich die Empfindung nicht loswerden kann, die Zeit streiche, laufe, gehe und rolle erstaunlich langsam vorüber. Hie und da treten Fabrikarbeiter in den sogenannten Streikzustand. Man sagt mir, sie täten das im Wunsch, bessere Löhnung zu erzielen. Wie mich jener bejahrte Angestellte dort, der in einiger Entfernung von mir Berechnungen anstellt, um seines patriarchalischen Aussehens willen eigentlich ein bißchen rührt. Mir scheint, etwas Friedliches strahle von ihm aus. Wie intelligent er mir vorkommt. Erzählte er mir nicht eines Tages im Ton beinahe der Befreundung, als wisse er, daß er's einer Art von Kameraden anvertraue, er habe die Julirevolution miterlebt. Wie ausdauerlich, beinah hartnäckig sich der Stundenzeiger an der Uhr verhält. Man vermag durchaus nicht wahrzunehmen, ob er irgendeine Bewegung ausführt oder nicht. Ich höre die Vögelchen von den Bäumen her zwitschern, die mit hellgrünem Laub festlich die Hauptstraße schmücken. Jetzt fährt ein Tramwagen mit Gescharr vorbei, und auch der Minutenzeiger benimmt sich meiner Ansicht nach merkwürdig ruhig. Mir ist, als wisse er sich sehr zu beherrschen, als freue er sich über sein Eilen mit fortwährendem Verweilen, als sei er auf seine Besonnenheit quasi stolz und glänze mit seiner Taktfestigkeit. Beinahe möchte ich mir einbilden, er habe ein Gesicht, das mich belustigt anlächle. Vielleicht ist es für mich ein Unglück, daß die Wand dieses Büroraumes mit einer Uhr versehen ist, und es kann sein, daß ich besser täte, die Uhr und ihre seltsame Wesenheit überhaupt keiner Beachtung für würdig zu halten. Ihr Anblick macht mich gewissermaßen krank. Wenn es wahr ist, daß ich eine Geliebte habe, die sich vielleicht in ihrem mir zum Teil noch unbekannten Innern über mich lustig macht, was mich vielleicht nur um so mehr reizt, sie liebenswürdig zu finden, so trifft es anderseits nicht in jeder Hinsicht zu, daß mir (m)eine mütterliche Freundin ihr kostbares Interesse schenkt, das mir noch nie eingefallen ist, nicht hochzuschätzen.

Der Chef: Was tun Sie da, wenn man fragen darf?

Der junge Commis: Beobachtungen verschiedenster Art bemächtigten sich meiner, die ich bemüht bin abzuschütteln.

Der Chef: Kamen Sie nicht heute früh zehn Minuten zu spät am Wirkungsplatz an?

Der junge Commis: Ihre Frage verdient mit einem unüberlegten, flotten, strammen und offenkundigen ›Ja‹ beantwortet zu werden.

Der Chef: Verspätungen treffen häufig bei Ihnen ein.

Der junge Commis: Meine Versäumnisse haben insofern etwas Treuherziges, als der Mut in mir lebt, man nehme mir sie nicht allzu übel. Eine Schauspielerin liebt mich.

Der Chef: Ich hoffe, sie tut es vergeblich. Wie weit sind Sie schon im Auslandzusammenstellen vorgerückt?

Der junge Commis: Sorgfalt und Bedächtigkeit hinderten mich am schnellen Vorwärtsschreiten.

Der Chef: Darf ich Sie angesichts eines solchen Bekenntnisses zu etwas mehr Emsigkeit aufmuntern?

Der junge Commis: Theoretisch halte ich Schaffensfreudigkeit für herrlich. Schon der Umstand, daß bei angestrengtem Tätigsein die Zeit so schnell vergeht.

Der Chef: Ihre Ironie schätze ich sehr. Bald werde ich Sie von neuem aufsuchen.

Alle gehen an die Fenster. Ein Trauermarsch wird vernehmbar.

Der Chef: Gegen die Bekundung einer schicklichen Neugierde, die zur Quelle einer geziemenden Teilnahme werden kann, habe ich nichts einzuwenden. Daß sich meine Untergebenen als Angehörige des Volkstums fühlen, daß sie den Beerdigungszug eines verstorbenen Führers des Landes anzuschauen bestrebt sind, erfüllt mich mit Zufriedenheit. Wie wohltuend diese Musik klingt. Auch einen Bürochef berührt Menschliches, auch ihn gehen Geburten, Verlobungen und Todesfälle etwas an. Mir leuchtet ein, daß sich dem Prinzip, während der Arbeitszeit müsse ununterbrochen irgend etwas getan werden und die vorhandenen Kräfte fielen lebhafter Ausnutzung anheim, Ausnahmen entgegensetzen dürfen, wie die gegenwärtige beispielsweise eine zu sein scheint. Wenn ein Verdienstreicher, Bedeutender von dannen getragen wird, wie es mit demjenigen der Fall ist, dem heute die letzte Ehre erwiesen wird, so kommt mir der Gedanke nicht als Unmöglichkeit vor, daß eine Pause erlaubt und das Eintretenlassen einer vorübergehenden Lockerung der straffangezogenen Saiten am Platz seien.

Die Schaulustigen begeben sich nach und nach wieder an ihre Plätze. Die Rechnungsmaschine rattert von neuem.

Laiblin: Nach dem Mittagessen werde ich rasch auf den Berg gehen, da kann ich eine halbe Stunde lang im Grünen liegen, in der Sonne die Augen zudrücken, das Gesumme hören, mich verhalten, als schliefe ich, die Zweige eines

Apfelbaumes über meinem Gesicht sich leise hin und her rühren spüren und an die Hotelgouvernante denken, für die ich schwärme, weil sie mir sagte, sie habe dann und wann Kopfweh. Wie den Mädchen eine Klage gut ansteht. Mitleidhaben, falls es einem nicht lästig wird, falls man's nicht zu stark tun muß, es einem nicht weh tut, ist ein großes Vergnügen, da man dabei glauben kann, man sei gutmütig, besitze ein Herz, sei kein Stück Holz oder Stockfisch. Liebende lieben ihre Liebe wie Hassende ihren Haß hassen.

Der Chef (für sich): Ich scheine dadurch regimentsfähig zu sein, daß mich das Beobachtethaben eines gewissen bescheidenen Maßes von Es-sich-wohl-sein-Lassen, das von mir aus auf die Angestellten übergeht, in keiner Hinsicht beunruhigt. (zum jungen Commis:) Glauben Sie heute Vormittag allerhand Nützliches zustande gebracht zu haben?

Der junge Commis: Während des Verlaufes meines heute stattgefundenen oder vorgefallenen Hierseins wurde durch die unwichtige Persönlichkeit, mit der es Ihnen hie und da beliebt, Konversation zu machen, ein- oder zweimal das Linierinstrument, genannt Lineal, aus anscheinender Zerstreutheit, tatsächlich jedoch aus keinem sonstigen Grund zu Boden fallen gelassen, als inmitten des zweifellos speziell für mich etwas eintönigen Berufes, zu dessen Pflichterfüllungen ich mich schwerlich mit einer in keiner Hinsicht abzustreitenden Lückenlosigkeit berufen zu fühlen vermag, mir, wenn auch eine geringe, so doch bis in ein gewisses Maß hinein die Waagschale des Empfindens beeinflussende Abwechslung zu verschaffen.

Der Chef: Inwiefern Sie gern Wanduhren usw. mit Vorliebe

nachdenklich betrachten, gehören Sie mit ziemlicher Sicherheit zu den interessanteren Erscheinungen der Komptabilität, deren Wesen nun einmal nicht mit eines Tanzsaales oder mit eines Turnplatzes Eigenheit korrespondiert oder übereinstimmt, was man ja, von einigen Gesichtspunkten aus gesehen, wird bedauern dürfen.

Der junge Commis: Ich habe bei der Kellnerin des »Ochsen« einen Stein im Brett.

Der Chef: Mir wäre es lieber, Sie dächten mehr an zielbewußte Arbeitsamkeit als an Kellnerinnen, wenn dieselben auch an Hübschigkeit und appetitlichem Aussehen mit der Begehrenswürdigkeit selbst zu wetteifern vermöchten. Ich besitze allen Ihren Zaghaftigkeiten in Bezug auf munteres Drauflosschaffen gegenüber jedenfalls, wie ich zu fühlen oder wahrzunehmen imstande bin, eine wirklich bedeutende Geduld im Leibe.

Der junge Commis: Mir liegt völlig fern, Ihre durchaus anerkennenswerte Güte zu unterschätzen, vielmehr mache ich von derselben gewiß mit Vergnügen ausgiebigen Gebrauch.

Der Chef: Jetzt ist's halb zwölf. Sie rieben sich, gemäß meiner Beobachtungsfreudigkeit, die mich keinen Augenblick im Stich läßt, ein paarmal, während Sie sich eher mit etwas Angebrachterem hätten beschäftigen sollen, das Kinn.

Der junge Commis: Ich verstehe sehr gut, daß Sie sich mit derartigen Beobachtungen nicht mit der erforderlichen Selbstverständlichkeit befreunden können, möchte mir aber erlauben, der Meinung zu sein, daß auch Sie einmal jung waren, und habe im übrigen die Ehre, Sie mit dem Sie vielleicht interessierenden Umstand bekannt zu machen, daß mich meine Eltern sehr verwöhnten. Mein Vater war Musikdirektor, für den die Provinzstadt, worin er wirkte, schwärmte.

Der Chef: Ich bin bei allem Befürworten dessen, was Ordnung und deren stramme Verkörperung betrifft, zur Annahme geneigt, es sei zu billigen, wenn man der Anschauung huldige, daß in einem Büro unter anderem Elemente wie das Ihrige geduldet werden dürften. Ich verdanke Ihnen immerhin dadurch, daß Sie mich zu zeitweiligem Gespräch mit Ihnen veranlassen, indem Ihre Aufführung mich dann und wann in Fühlung zu Ihnen zu treten nötigt, einige Möglichkeit zu allgemeinen Einsichten, gleichsam zu Bildungsbetätigungen zu gelangen. Ihnen gegenüber habe ich mir zur Gewohnheit gemacht, den Vorgesetzten abzustreifen, um sozusagen jeweilen mit Ihnen ein bißchen im Gärtchen des Menschlichen umherzustreifen, wobei ich Sie nicht unermahnt lassen möchte, sich Mühe zu geben, den Beamten, der in mir lebt, zufriedenzustellen. Schon der bloße Versuch hiezu muß Sie ja, falls nicht jede schönere Ader in Ihren Gesamtzusammenhängen erloschen oder falls eine solche bessere Seite überhaupt je in Ihnen vorhanden gewesen sein sollte, mit einem Vergnügen erfüllen, das mit einem Freudenfeuer auf einem Schweizerberg Ähnlichkeit hätte. Gestatten Sie, Ihnen die Bemerkung nicht vorzuenthalten, daß mir scheint, Sie zögen je nach Gelauntheit etwas wie Belletristik aus dem Pult hervor, um sich dergestalt die Zeit zu verkürzen.

Der junge Commis: Zutreffend scheint mir bei dieser Art von Unstatthaftigkeit zu sein, daß Lesen bildend wirkt.

Der Chef: Haben Sie es sich in den Kopf gesetzt, zu denjenigen zu gehören, mit denen man nie fertig wird?

Der junge Commis: Eines Abends in einem übrigens ganz unansehnlichen Korridor ...

Der Chef: ... den wahrscheinlich ein überaus bescheidenes Lämpchen spärlich beleuchtete ...

Der junge Commis: ... bat mich ein jäher weiblicher Charakter, verzichten zu wollen, das Leben gemeinsam mit ihr zu riskieren, da sie die Überzeugtheit nicht zu verleugnen vermöge, die sie versichere, sie mache mich unglücklich. Nur dann, wenn ich dächte, daß ich mit keiner andern so glücklich werden könnte wie mit ihr, würde sie mein vollkommenes Ungemach zu werden sich entschließen, wobei sie mich die in der Tat schöne alabasterne Hand vorläufig küssen ließ.

Der Chef: Für mich klingt so etwas entschieden zu romanhaft.

Der junge Commis: Die Unterhaltung, die Sie mir gestattet haben, mit Ihnen zu führen, hat die Unverkennbarkeit zur Tatsache werden lassen, daß der Vormittag bald überstanden ist.

Diesbezügliche Anzeichen machen sich im Raum geltend.

Meier vom Land: Ein Landherr ist durch Heirat Herr eines der größten Vermögen der Stadt geworden.

Meier von der Stadt: Man möchte meinen, die Städter zeichneten sich durch Energielosigkeit aus.

Meier vom Land: Bei den Städtern wird das Landschaftliche hochgeschätzt, wobei gewisse Seiten naturgemäß außer Acht gelassen werden.

Meier von der Stadt: Nach Wohnungen mit Aussicht auf See und Gebirge herrscht eine sehr gefühlvolle Nachfrage vor.

Meier vom Land: Die Bewohner der Städte haben lediglich das Glücklichsein im Sinn. Sie genießen die Sonnenauf- und -untergänge, als wenn's Butterschnitten wären. Ein Wölklein am Himmel, ein Sternlein, das aus den Wölkchen herablächelt, versetzt sie in eine langanhaltende Begeisterung.

Meier von der Stadt: Man umarmt sich gegenwärtig aus keiner sonstigen Ursache, als weil man kein Geld hat.

Meier vom Land: Diese Lebenskunst, diese Kultur. Menschen gibt es, die ganz nur noch aus Beseeltheit bestehen und die auf Grund solcher Beschaffenheit in Mondscheinnächten tief im Wald oder wenigstens hübsch einsam am Waldrand liegen und Lieder zum Liederlichsten, was es gibt, oder zum Lieblichsten, was innerhalb des [...] vorhanden ist, singen.

Meier von der Stadt: Warum nicht zur Gitarre?

Der Chef: Es wird wohl kaum unbedingt nötig sein, die Anwesenden darauf aufmerksam zu machen, daß es zwölf Uhr ist.

Ein Angestellter nach dem andern verläßt das Büro, der Chef entfernt sich als der letzte.

HERREN UND ANGESTELLTE

Ich will nur wenig über das Herren- und Angestelltenthema sagen. Tief schneidet das Problem in die Gegenwartszustände, worin es vor Existenzen förmlich zu wimmeln scheint, die Angestellte sind und die diesen besonderen Umstand manchmal außer acht lassen. Träumen wir denn nicht mitunter mit offenen Augen, sind sehend blind, fühlend fühllos, horchend ohne Gehör, und stehen wir nicht gehend oft still? Was für eine Reihenfolge ruhiger, solider, ehrbarer Fragen!

Ihr wirklichen Herrn, marschiert zu mir heran, damit ich wahrnehme, wie wahrhaftige Herrennaturen aussehen! Herren sind meiner Ansicht nach eine denkbar wertvolle Seltenheit, und ein Herr ist in meinen Augen ein Mensch, den hie und da das seltsame Bedürfnis anwandelt, zu vergessen, daß er ein Herr ist. Während sich die Angestellten dadurch auszeichnen, daß sie sich mit Vergnügen Herren zu sein einbilden, schauen von Zeit zu Zeit die Herren mit einer Art von leichtbegreiflichem Neid auf die Angestelltenfröhlichkeiten und -unbesonnenheiten herunter; denn mir scheint unzweifelhafte Tatsache zu sein, daß die Herren darin Einsame sind, daß sie in einem fort recht haben und sich infolgedessen danach sehnen, zu erfahren, wie das Unrechthaben schmeckt oder duftet, das sie nicht kennenlernen können. Die Herren dürfen tun und lassen, was sie wollen; die Angestellten nicht, die sich infolgedessen unablässig nach dem Disponieren sehnen, das sie entbehren, wogegen zu sagen sein könnte, daß die Herren oft ihr Befehlshabertum gleichsam satt haben, lieber dienen, gehorchen, als anordnen möchten, worin sie ihr Dasein auf eigentlich recht eintönige Art aufgehen sehen.

»Wie gern ich gelegentlich angeschnauzt sein möchte«, kann meiner Meinung nach dem einen oder andern Herrn leicht in den Sinn kommen, indes die Angestellten von derlei Wünschen, die nie in Erfüllung gehen, nichts wissen. Reichtum allein ist es nicht, was den Herrn ausmacht, wie anderseits ein Angestellter nicht unbedingt ein armer Schlukker zu sein nötig hat. Ein Herr ist vielmehr meiner Überzeugung nach deshalb das, was er ist, weil er gefragt wird, wie ein Angestellter darum ist, was er zu sein meint, daß aus seinem Mund Anfragen schallen. Der Angestellte wartet; der Herr läßt warten. Warten kann jedoch bisweilen ebenso angenehm oder sogar noch angenehmer sein als Wartenlassen, wozu Stärke erforderlich ist. Ein Wartender darf sich den lieblichen Luxus des in keiner Weise Verantwortlichseins gönnen; er darf, während er wartet, an seine Frau, seine Kinder, seine Geliebte usw. denken; natürlich darf dies der Wartenlassende ebenfalls, wenn es ihm Freude macht. Es kommt aber vor, daß ihm die nichtssagende Figur des Wartenden absolut nicht aus dem Kopf gehen will, was ihn natürlich belästigt.

»Jetzt lächelt dieser von mir Abhängige vielleicht außerordentlich friedlich vor sich hin«, denkt er, und er möchte vor beinahe fassungslosmachendem Herrenzorn vergehen, und daß eine solche gänzlich unbegreifliche Sorte von Zorn überhaupt möglich ist, gehört zu den Mißlichkeiten des Herrenzustandes. Ein Herr sollte vielfach etwas wie ein Übermensch sein, und dennoch bleibt er Mensch, Mitmensch, und: »Zum Donnerwetter noch einmal«, ruft er, wie über sich selbst sozusagen erschreckend, aus, »hat er wohl bald genug gewartet, dieser mich mit seiner Geduld Marternde«, und er drückt auf den Klingelknopf, d. h. er versetzt diesem Knopf einen Schlag und sieht augenblicklich das Zwecklose der Entladung seines Wesens ein. Er fertigt einen dienstfertigen Eintretenden mit sehenswerter Theaterbrutalität ab und möchte das Schaf, das auf seine Beherrschtheiten oder Gemäßigtheiten wartet, tigermäßig fressen, und statt über eine enervierende Harmlosigkeitsexistenz vernichtend zu stürzen, wirft er Papiere, die ihn geschäftsmäßig anzuschauen scheinen, wirr, als wären es arme Sünder, durcheinander, und der Angestellte weiß in keiner Weise, was im Herrn vorgeht, den es kränkt, daß er eines Empfindens fähig ist, den es beleidigt, daß er dann und wann unglücklich zu sein vermag, den es innerlich beinahe zerschmettert, daß man ihn als Zerschmetterer betrachtet, was er nicht ist, nicht sein will, nicht sein kann.

»Gestatten Sie mir, zu helfen.« Unsäglich gut aufgelegt sind meistens die Schreiber derartiger Sprachwendungen, und unglaublich schlechte Laune kann in einem Menschen wohnen, der zu schreiben Anlaß hat: »Ich nehme gern an, dies und das sei prompt besorgt worden.«

Gehorchen, Befehlen werden durcheinandergemischt, der gute Ton beherrscht sowohl Herren wie Angestellte. Ich biete vorliegende Arbeit angestelltenhaft an und halte denjenigen, der sie in Erwägung zieht, für einen Herrn, dem ich wünsche, er mache sich mit der Genugtuung bekannt, eine Möglichkeit zu sehen, was ich ihm gebe, zu schätzen.

Mein Motiv rührt freilich ein wenig an, als trete es dem Leben zu nahe, das vielleicht wesentlich zu zart geworden sein mag. Wodurch wurde es so? Will es sich ändern oder will es so bleiben? Warum frage ich dies? Warum kommen viele Fragen zu mir, leise eine um die andere? Ich weiß beispielsweise, daß ich ohne Fragen leben kann. Ich lebte lange ohne sie, wußte nichts von ihnen. Ich war offen, ohne daß sie in mich hereintraten. Jetzt schauen sie mich quasi an, als wäre ich ihnen verpflichtet. Auch ich wurde, wie so mancher, zart. Die Zeit ist zart wie eine Hilfeflehende, Bestürzte. Die Fragen flehen und sind zart und unzart. Die Zartheiten verhärten sich. Der Nichtverpflichtete ist vielleicht der Zarteste. Mich z. B. machen Pflichten hart. Die Angeflehten flehen die Flehenden an, die dies nicht verstehen. Alle diese Fragen scheinen Herren zu sein, und die sich mit den Fragen beschäftigten, Angestellte. Die Fragen schauen sorgenvoll drein und sind sorglos, und die sich um sie bemühen, sorgen für Vermehrung der Fragen, die ihre Beantworter für unzart halten. Der, der sich durch ihr Kommen keinen Augenblick im Gleichgewicht beeinträchtigen läßt, ist zart in ihren Augen. Indem sie ihm gelöst vorkommen, löst er sie. Warum trauen ihnen viele dies nicht zu? *(1928)*

AUS DEM LEBEN EINES COMMIS

Rasch lebte er sich in der fremden Stadt ein. Am zwölften Mai gelang ihm, in irgendwelchem Restaurant ein Würstchen zu essen. Von seinem Zimmerchen aus schaute er über Dächer. Die Zeit, über die er verfügte, brachte er damit zu, daß er Seiten eines Buches las, das von einem Dichter gedichtet worden war, und daß er einen Bekannten aufsuchte, der ihn mit einem Schriftsteller bekannt machte, der berühmt war.

»Da Sie sicher viel erlebt haben, so sind Sie vielleicht so freundlich und erzählen etwas.«

Als sich der Berühmte dermaßen von der vollkommenen Ungenanntheit aufgefordert sah, gefälligst für Unterhaltung zu sorgen, ließ ihn sein Erstaunen beinahe außer sich kommen.

»Etwas zum besten zu geben, steht eher Ihnen als mir an«, sprach die berühmte Persönlichkeit zur zweifellos mit irgendwelchem Ruhm noch nie in Berührung Geratenen.

Der an sich kaum bedeutungsreiche Auftritt, der aber charakteristisch sein dürfte, fand am neunzehnten Juni abends um zehn Uhr in einer Weinstube statt, die meistens von Dichtern und Künstlern besucht wurde.

Der Held der Geschichte, die hier erzählt wird, war Commis, der zur Zeit stellenlos war, der aber nichtsdestoweniger Frauen gleichsam patent anzuschwärmen verstand. Wie wenn er dabei bloß so in den lieben Tag hineingeträumt hätte, richtete er ein Dienstanerbieten an den Direktor eines nicht unerheblichen Geschäftshauses und stellte sich am 1. Juli persönlich dem Herrn Geschäftsführer nicht ohne Erfolg, zugleich aber wieder gänzlich erfolglos vor.

Folgenden Tages saß er in einem lauschig, will sagen interessant gelegenen Kastaniengarten bei einem vom Sonnenschein, der durchs Blätterdach fiel, schimmernd umkosten Glas Bier, um in aller Beschaulichkeit über seine Fertigkeiten und Unvollkommenheiten nachzudenken, eine Übung, worin er in jeder Hinsicht versiert zu sein schien. Tiefsinnig zu sein und zugleich zu glauben, er erfreue sich weitgehender Sorglosigkeit, kostete ihn keinen Pfennig.

Er hatte bereits am zweiundzwanzigsten Mai ein Heft, das einige saubergeschriebene Gedichte enthielt, die ihm herzustellen geglückt war, einem vornehmen jungen Herrn zur Begutachtung eingesandt. Nachdem er nun mit seinem Glas Bier fertig geworden war, begab er sich in die Wohnung des soeben Erwähnten, um zu vernehmen, was derselbe für eine Meinung bezüglich seines Talentes im Gedichtemachen habe. Es kam zu einer für den Aufgesuchten sowohl wie den Besuchenden verhältnismäßig durchaus angenehmen Besprechung, die sich hauptsächlich auf die Literatur der Zeit bezog. Der vornehme junge Mann setzte sich ans Piano, womit sein Gemach ausstaffiert war. Vor dem Fenster der ausnehmend hübsch gelegenen Wohnung standen Bäume; die Gegend war eine halb städtischelegante, halb ländlichurwüchsige, und die Töne, die der Spielende dem Flügel entlockte, fanden einen stattlichen, freundlichen Raum zum darin aufs natürlichste Verhallen. Vier bis fünf Gedichte des Commis, der sich vielleicht ein bißchen unüberlegterweise sogar schon Glacéhandschuhe angeschafft hatte, erschienen bald danach in einer Zeitschrift, die von einem prächtig fühlenden, freigebig gesinnten, begüterten Gebildeten wahrhaft scharmant finanziert wurde.

Am achten August besuchte er eine Bildergalerie, um drei

Tage später anläßlich eines Herrenabends in einer geschmackvoll möblierten und dekorierten Lokalität eine Tänzerin aufs denkbar gewinnendste auftreten zu sehen.

Er lebte weiter und war bald entzückt, bald verstimmt. War er nicht gut aufgelegt, so versuchte er so rasch wie möglich in gute Laune zu kommen, und war er glücklich, so vermochte er nicht zu verhindern, mißvergnügt zu werden. In dieser Hinsicht ging es ihm, wie es den meisten andern geht. Er sah eigentlich immer eher gärtner- oder jägermäßig als commishaft aus.

Eines Tages, ich meine, um in bezug auf Zeitangabe bei der Genauigkeit zu bleiben, wurde er am elften September einer Frau vorgestellt, die sich bei seinem Anblick den Ausruf gestattete, er sehe wirklich nicht wie ein aufsteigender Stern am Himmel der Dichtkunst aus. Auf seine Frage, wie er aussähe, erwiderte sie: »Lediglich wie ein beliebiger, vernünftiger Mensch«, was eine Aufrichtigkeit war, die denjenigen, an die sie adressiert worden war, in nicht geringe Verlegenheit setzte, indem wir ja womöglich so ziemlich alle lieber einen kränklichen als kerngesunden Eindruck machen möchten.

Ihm war's beschieden, am fünfzehnten genannten Monates in einem nach nichts Auffallendem aussehenden Atelier zu stehen, wo ihn ein Zeichner von den Beweisen seines Schaffens Kenntnis nehmen ließ. Mit diesem Zeichner unternahm er am achtundzwanzigsten Oktober einen gemeinsamen Spaziergang, bei welcher Gelegenheit beide vorwiegend über Beziehungen zu Mädchen sprachen.

Am neunten November nahm ihn der Ankauf einer Mütze oder Kappe in Anspruch. Eine Kleiderhandlung lieferte einen vortrefflich sitzenden Mantel.

Zum erstenmal in seinem bisherigen Leben wagte er am einunddreißigsten Dezember einer jungen, hübschen Frau, die er aus einem Gesellschaftsanlaß heimbegleitete, vor der Türe des Hauses, worin sie wohnte und wo sie sich gute Nacht sagten, die Hand zu küssen.

An diese tapfere Tat dachte er mit unverminderter Genugtuung noch im darauffolgenden Frühling. Mit Patronzigarrenrauchen war's einstweilen aus. Er trat in Stellung.

(1928/29)

DAS KRANKHAFTE

Als ihn die Kränklichkeit gefangennahm,
belebte ihn ein amüsanter Gram.
Indem jedoch Gesundung zu ihm kam,
stützte er nicht den Kopf mehr in die Hände,
damit er sich von Trau'r umschmeichelt fände
und sich ein Seufzer seinem Mund entwände.
Wie wenn ihm wenig nun am Leben läge,
das Spannende in ihm sich nicht mehr rege,
ging er wie eine Puppe seine Wege.
Mit seinem ritterschauspielhaften Schnäuzchen
glich er gewissermaßen einem Käuzchen
und saß von nun an täglich irgendwo
in denkbar unromantischem Büro.

(1930)

DIE VERKÄUFERIN

Eine Verkäuferin gefiel ihrem Chef dadurch, daß sie Geschicklichkeit an den Tag legte.

Er war ein Frühaufsteher, der sich sagte, man müsse die Minuten und Stunden, die kostbar seien, ausnützen.

Eine erkleckliche Anzahl von guten Vorsätzen wohnte in ihm, wie Mieter in einer zufriedenheithervorrufenden Wohnung wohnen. Die Grundsätze schienen an und für sich glücklich zu sein, ihn leiten oder beeinflussen zu können.

Das Geschäft des glücklicherweise noch jungen Mannes besaß etwas Luxuriöses, Elegantes.

Er saß in seinem Bureau und beschäftigte sich angelegentlich mit Warten und an Irgend-etwas-Denken, und indem er wartete und an allerlei dachte, öffneten Kunden die Türe des Ladens, um zu bekunden, daß sie sich für ihn, d. h. für seine Artikel interessierten. Einer kam nach dem andern, und jeder dieser Ankommenden war von der gewinnenden, intelligenten Art, womit er sich empfangen und behandelt sah, angenehm betroffen, derart, daß sich der Inhaber der Waren im Lauf von kommenden und sich wieder entfernenden Wochen gestehen durfte, mit ihm stehe es gut.

In der Tat verhielt sich dies so.

Zu den Käufern in denkbar bestem Einvernehmen stehend, befestigte sich die Verkäuferin im Vertrauen ihres Prinzipals von Monat zu Monat mehr, bis sich der Genannte fragte, ob er sie liebe und er sich erlaubte, die einladende Frage zu bejahen.

Sein Herz war sowohl ein anordnendes Chefs- wie schüchternes, lispelnd bittendes Jünglingsherz.

Vor dem Schaufenster gingen Leute allerlei Charakters behend hin und her.

Wagen fuhren vorüber, und indem sie dies taten, fand der Verliebte Gelegenheit, seine Untergebene zu ersuchen, in gewissem Sinn seine Vorgesetzte sein zu wollen, und weil er's nett ausführte, ihm hiebei nichts mißlang, vielmehr, was er vorzubringen beabsichtigte, ausgezeichnet, will sagen überzeugend ausfiel, ging sie auf seinen Vorschlag ein und wurde gewissermaßen seine Herrin.

Diejenigen, die lieben, umkleiden sich, indem sie den Gegenstand ihrer Neigung erhöhen, mit einer die Schicklichkeit nicht störenden Selbsterniedrigung, ohne die es kein Hinaufschauen zu einem Ideal geben kann. Er ging mit ihr glücklich, d. h. in seiner Eigenliebe in jeder Hinsicht geschmeichelt, spazieren, begab sich mit ihr zum Essen, fuhr in der Eisenbahn mit ihr, bestieg in ihrer Gesellschaft ein Dampfboot, das sie ins Grüne und Freie trug, wo sie sich gestatteten, einig zu sein und in diesem erwünschten Zustand die Reize der Natur zu genießen.

Auf Grund der Bildung, die sie besaßen, blieben sie, was ihre gegenseitige Genugtuung betraf, vorsichtig und sorgsam.

Rücksicht zu zeigen, Anerkennung entgegenzubringen, fanden sie schön, und sie hatten recht.

Andern ging es ähnlich, und sie sahen sie gern froh.

(1931/32)

⟨LEBENSLAUF⟩

Robert Walser wurde am 15. April 1878 in Biel, Kanton Bern, geboren, wo er durch das Progymnasium hindurchging, worauf er als Lehrling auf die Bieler Filiale der Kantonalbank Bern kam. Die Lehrzeit dauerte drei Jahre. Hernach arbeitete er als Commis in Basel bei den Herren von Speyer & Co. und in Stuttgart bei der »Union«, Deutsche Verlagsanstalt. In Zürich bekleidete er Stellungen auf einigen Banken, wie zum Beispiel der Schweizerischen Kreditanstalt und der Zürcher Kantonalbank. Inzwischen hatte er begonnen zu dichten und widmete sich mit der Zeit dem Beruf der freien Schriftstellerei, lebte sieben Jahre in der deutschen Reichshauptstadt, siedelte nach Biel und Bern über und trat 1929 krankheitshalber in die »Waldau« und von da in die Heilanstalt Herisau ein. *(1946)*

»ER GEHORCHT GERN UND WIDERSETZT SICH LEICHT.« ZUR FIGUR DES ANGESTELLTEN BEI ROBERT WALSER

> Das Umschreibungsamt war, wie jedermann weiß, ohne daß man es ihm zu sagen braucht, die wichtigste Regierungsstelle.
>
> Charles Dickens

Geburtshelfer der Moderne

Als Robert Walsers Text *Der Commis* am 22. Juni 1902 im Berner *Sonntagsblatt des Bund* veröffentlicht wird, versieht ihn der verantwortliche Redaktor Joseph Victor Widmann mit einer Begleitnotiz: »Wir wünschen, daß diese zwischen Scherz und Ernst in allen möglichen Lichtern und Farben spielenden Variationen über das Thema ›Der Commis‹ als eine publizistische Aufmerksamkeit angesehen werden, die wir dem soeben sein Jahresfest in der Bundesstadt feiernden Kaufmännischen Verein der Schweiz darbringen. Indem der junge Dichter, dem wir diesen Beitrag verdanken, selbst dem Kaufmannsstande angehört, fällt jeder Verdacht weg, als ob gewisse übermütige Stellen, in denen Spott und Ironie ihr Wesen treiben, schlimm gemeint sein könnten.« Damit baut der Redaktor allfälligen Mißverständnissen vor und erhöht zugleich die Aufmerksamkeit beim Publikum. Ob der von 1892 bis 1895 zum Bankangestellten ausgebildete Walser den Beitrag auf Bestellung geschrieben hatte, ist nicht bekannt, er schaffte es jedenfalls auf die Titelseite.

Der halb als Erzählung, halb als Essay angelegte Text beginnt wie folgt: »Obgleich im Leben eine sehr bekannte Erscheinung, ist der Commis doch noch niemals zum Gegenstand einer schriftlichen Erörterung gemacht worden. Meines Wissens wenigstens nicht. Er ist vielleicht zu alltäglich, zu unschuldig, zu wenig blaß und verdorben, zu wenig interessant, der junge schüchterne Mann mit der Schreibfeder und Rechentafel in der Hand, um den Herrn Dichtern als Stoff zu dienen. Mir indessen dient er gerade.« Eine Einschätzung, die an Herman Melvilles Klassiker der Angestellten-Satire *Bartleby, der Schreiber* erinnert, dessen Erzähler schon 1853 eine vergleichbare Vermutung hegte: »Während der vergangenen dreißig Jahre hat mich die Art meiner beruflichen Tätigkeit [...] mit einem interessant und leicht sonderbar erscheinenden Personenkreis in Berührung gebracht, über den, soweit ich weiß, bisher noch nichts veröffentlicht wurde: ich meine die Anwaltskopisten oder Schreiber.«

Im 19. Jahrhundert hatten Angestellte, Schreiber, Protokollführer und Beamte in Novellen und Romanen wie Nikolai Gogols *Der Mantel* (1842), Charles Dickens *Klein Dorrit* (1855/57), Italo Svevos *Ein Leben* (1892), Wilhelm Raabes *Die Akten des Vogelsangs* (1896) oder Lew Tolstojs *Auferstehung* (1899) durchaus ihren Platz gefunden. Und mit Bartleby, der berühmt wurde, weil er von einem Tag auf den anderen die Arbeit verweigert und beschließt, »es nicht zu tun«, wird eine Figur geprägt, deren grotesk-trauriges Geschick heute als visionäre Kritik am verwalteten Dasein gilt. Ein allgemeines Interesse erregt der Berufsstand erst in dem Moment, als in der Öffentlichkeit das ›Heer der Angestellten‹ zu einem Thema wird. Während die Soziologie den Nachweis der objektiven Notwendigkeit der Verwaltung für den modernen Staat führt und sie als legale Herrschaftsform rechtfertigt (Max Weber), entfaltet die Publizistik, Literatur und Karikatur ein buntes Spektrum der Bürokratie-Kritik und der Angestellten-Satire.

Der ans Absurde grenzenden Dimension des Verwaltungsapparats ein Denkmal gesetzt haben Franz Kafkas Romane. Zuvor waren nebst literarischen Annäherungen auch sozialwissenschaftliche Studien erschienen, die – mit ihren Mitteln – in die gleiche Richtung wiesen wie *Der Prozeß* (1925) und *Das Schloss* (1926). Der galizische Verwaltungsbeamte Josef Olszewski etwa postuliert 1904 eine Analogie zwischen den Kontrollmechanismen der Verwaltung und dem Prinzip der doppelten Buchhaltung: »Ohne den Wert dieser Errungenschaft gehörig begriffen zu haben, hat die Bureaukratie das Prinzip der gegenseitigen Kontrolle umgekehrt und brachte es dazu, dass die Kontrolle die Kontrolle kontrolliert, und diese eine weitere Oberkontrolle erlebt, so dass eigentlich eine endlose Kette entsteht, deren letztes Glied schon kein Bewusstsein seines Zweckes hat, für welchen es funktioniert, es versieht deshalb seine Tätigkeit ohne jedweden Nutzen für das Gesamtwesen.«

Auch der an Kafkas Promotion beteiligte Bruder von Max Weber, der Jurist Alfred Weber, erkennt in der bürokratischen Dynamik »ein ungeheures Problem«. Ein riesenhafter »Apparat« und ein »Gift der Schematisierung«, schreibt er in *Der Beamte*, würden die »früher frei und natürlich gewachsenen Teile« der Existenz erfassen und vom Leben Besitz ergreifen. Die Verwaltung geriere sich in den modernen Gesellschaften »wie ein Staat im Staat«. Webers Kritik zielt auch auf das Berufsethos, das insbesondere die Beamten entwickelten: »Man sucht sie mit allen Mitteln, die es gibt, an den

Apparat und den Beruf zu ketten, so, daß sie in ihm aufgehn. [...] Man bietet ihnen ›Achtung‹ und soziale Stellung, wenn man Staat und Kommune ist, hübsche Titel; – verlangt dafür aber zusätzlich zur Arbeitskraft auch noch den Menschen selber – seine ›Seele‹.«

Neben der Kritik, die oft weniger das Phänomen an sich als vielmehr dessen Auswüchse anprangert, manifestiert sich auch ein Interesse an der Herkunft der Verwaltung. Zu umfassenden Darstellungen wie Albert Lotz' *Geschichte des deutschen Beamtentums* von 1909 treten auch Dokumentationen bedeutender Etappen wie etwa 1908 die Erstpublikation der Memoiren des Barons Fain, der 1806 bis 1815 als Sekretär im Dienst Napoleons gestanden hatte. Fains Erinnerungen bieten einen spektakulären Einblick in das rigorose Regiment der kaiserlichen Verwaltung und offenbaren, daß die entscheidende Machtbasis der napoleonischen Autorität weniger auf dem Charisma des Herrschers als vielmehr auf der Systematik und Effizienz seines ›Büros‹ beruht.

Daß die ›Bürokratisierung‹ von Politik, Verwaltung und Ökonomie alles andere als eine Chimäre war, belegt auch die entstehende Zulieferindustrie wie die 1900 – in Walsers Heimatstadt – gegründete *Schreibbücher- und Papierwarenfabrik Biel*. Verkaufsschlager der *Biella*, wie das Unternehmen später heißt, ist der ›Bundesordner‹, jener mit Schweizerkreuz und Leinenrücken versehene, grauschwarz marmorierte Lochordner, der auf der bahnbrechenden Hebelmechanik von Ludwig Leitz basiert und schweizweit zum Inbegriff bürokratischer Ordnung avanciert. Papier- und Schreibwaren waren Walser von frühester Kindheit her vertraut, denn zum Sortiment des Haushaltswarengeschäfts, das sein Vater 1864 gründet, gehörten auch Papeterieartikel.

Die öffentlichen Auseinandersetzungen über die wachsende Verwaltung und Bürokratisierung finden in Tageszeitungen und Witzblättern ebenso ein Forum wie in Parlamenten und an Stammtischen. Für Walser prägend sind jedoch die persönlichen Erfahrungen, die er als kaufmännischer Lehrling und danach in wechselnden Stellungen bei Banken, Transportfirmen, Fabriken, Gewerbebetrieben, Versicherungen und Schreibstuben sammelt. Die 1892 in der Berner Kantonalbank begonnene Karriere als Commis dauert bis ins Jahr 1905, als er bei der Zürcher Kantonalbank eine feste Anstellung ausschlägt, um als freier Schriftsteller nach Berlin zu gehen. Noch zweimal läßt sich Walser danach auf Anstellungen ein, beide sind von kurzer Dauer: Im Sommer 1907 dient er als Sekretär der Berliner Secession, Anfang 1921 als Aushilfe im Staatsarchiv des Kantons Bern.

Die Spannungen und Verwicklungen, die mit dem neuen Phänomen der Büroarbeit einhergehen, erfassen zu Walsers Jugendzeit nicht nur die breite Öffentlichkeit, sondern auch bestimmte Autoren. In Wilhelm Raabes Roman *Die Akten des Vogelsangs* von 1896 zum Beispiel findet sich eine Szene, in deren Folge sich der Held von einem Protokoll führenden Schreiber zu einer Art literarischem Erzähler wandelt, der nicht länger ausführendes Organ sein will: »Wie mir mein von Vorgesetzten und Untergebenen anerkannter guter Geschäftsstil abhanden kommt, je länger ich diese Blätter beschreibe, je klarer und deutlicher ich mir das zu Sinnen und Gedanken bringe, was ich hier dem Papier übergebe! Was bis jetzt das Nüchternste war, wird jetzt zum Gespenstischsten. Sie wackeln, die Aktenhaufen, sie werden unruhig und unruhiger um mich her in ihren Fächern an den Wänden und machen mehr und mehr Miene, auf mich einzustürzen. Ich kann nichts dagegen: zum erstenmal will an diesem Schreibtisch, jawohl an *diesem* Schreibtisch, die Feder in meiner Hand nicht so wie ich [...].« Damit bringt Raabes Roman zur Sprache, was auch Walser erfährt: Bevor sich eine literarische Stimme ausbilden kann, muß das sekretäre Schreiben erst ins Stocken geraten.

Vom Schreiber zum Schriftsteller

Wie die einschlägigen Werke von Gogol, Melville, Dickens, Svevo, Raabe, Tolstoj und Kafka werfen auch Robert Walsers Texte über Angestellte, die dem gesamten Spektrum seines Schaffens entnommen sind, ein erhellendes Licht auf die Disziplinierung und Rationalisierung in der modernen Arbeitswelt. Als Walser 1892 selber zum Angestellten wird, ist er vierzehn Jahre alt – für weitere Schuljahre fehlen die Mittel. Da seine Literatur weitgehend am eigenen Erleben Maß nimmt, bildet das Dasein als Angestellter ein Schlüsselthema. Das kleine Gedicht *Im Bureau*, einer der ersten Texte, der von Walser überliefert ist, birgt bereits den Zwiespalt, der in seinem Werk zum Tragen kommt: Das Büro erscheint als Inbegriff eines fremdbestimmten Lebens, bildet aber zugleich den Ort, an dem die Fantasien und Träume des Dichters ansetzen, um sich die Wirklichkeit anzueignen. Es ist dieser permanente Widerspruch zwischen Disziplin und Freiheit, zwischen Vorschrift und Entgrenzung, zwischen einem »Sitzen, Festkleben und Schreiben an kaufmännischen Schreibtischen, die man Pulte nennt«, und einem »Herumwandern in warmer, freier Natur«, der Walsers ›Poetenleben‹ fortan bestimmt. So ist Schreiben für Walser nie, auch nicht als Dichter, vom Begriff der Arbeit zu trennen.

Walsers Werk, das zwischen 1898 und 1933 entsteht, verläuft parallel zur Entdeckung des ›kleinen Mannes‹ als gesellschaftlich und ästhetisch relevante Größe. Als Walser mit dem Schreiben beginnt, werden Commis nur »spärlich zu Helden in Novellen gemacht«; als sich Siegfried Kracauer dreißig Jahre später aus soziologischer Perspektive für die Angestellten interessiert, hält man ihm entgegen, das stehe »›doch schon alles in den Romanen‹«. Walsers Werk stellt eine Literarisierung des kleinen Mannes dar, der sich seiner (An-)Stellung bewußt wird. Anders als Bartleby, der nur in der Perspektive des Vorgesetzten erscheint, ist es bei Walser – wie von Kracauer gefordert – der Angestellte selber, der spricht. Indem Walser seine Poetik aus dem Berufs- und Innenleben der modernen ›Gehülfen‹ heraus entfaltet und mit dem Mittel der Ironie verfremdet, trägt sie zur »Exotik des Alltags« bei, von der Kracauer überzeugt ist, daß es sie gibt. Als Kehrseite der von Max Weber begrüßten »Entzauberung der Welt« entsteht ein Interesse am Gewöhnlichen und am Alltäglichen, das bei näherer Betrachtung plötzlich traumhaft entrückt, unbekannt und fremd erscheint. Walsers Sinn für den Büroalltag der kleinen Angestellten ist Teil jener modernen Beschäftigung mit dem Eigenen, das Kulturwissenschaftler wie Carl Einstein in den dreißiger Jahren als »Ethnologie du Blanc« begreifen.

Die Thematik der abhängigen und subalternen Tätigkeit beschäftigt Walser intensiv bis ans Ende der zehner Jahre, als er längst Schriftsteller ist. Es ist eine der Pointen seiner Auseinandersetzung mit dem Thema, daß er sich in den zwanziger Jahren, auf dem Höhepunkt seiner Produktivität als freier Schriftsteller, erneut als Angestellter vorkommt. Indem er viel für das Feuilleton schreibt, sieht er sich als Schriftsteller immer mehr als einen Angestellten des Literaturbetriebs, der einem regen »Prosastückligeschäft« nachkommt. Walser hat mit dem Schreiben als Commis begonnen, um sich in dem Moment, als er ein anerkannter Autor ist, erneut als Commis zu erfahren. Hatten frühe Texte oft satirischen Charakter – *Ein Vormittag* (1907), *Das Büebli* (1908) und *Germer* (1910) erschienen in der satirischen Wochenschrift *Simplicissimus* –, so verfahren spätere ironisch und verbinden das »Wirken auf Löschpapier« im Büro und das Verfassen von Texten für den Literaturbetrieb zu dem, was Walser sein ›Poetenleben‹ nennt. Dies entspricht Walter Benjamins Beobachtung, daß sich die Angestellten-Thematik »aus dem politischen Witzblatt zurückzog, um einen epischen Spielraum zu beanspruchen, der der Unermeßlichkeit ihres Gegenstandes entspricht«.

Helden im Büro

Walsers Angestellte führen eine Art Schwellenexistenz. Genauso wie die Stellung im Büro ihre Individualität bedroht und vernichtet, bringt sie diese überhaupt erst hervor. Um diesen Bereich des Übergangs in seiner ganzen Widersprüchlichkeit zu erfassen und auszuleuchten, erscheinen in Walsers Texten über das Büro die Komik und die Tragik unauflösbar verquickt.

Bei Walser stellt sich das Büro als der Ort dar, an dem Raum und Zeit sich verfestigen. Zugleich werden die raumzeitlichen Fixierungen aber aufgelöst und entgrenzt, zumindest in der Gedankenwelt der Angestellten. Mit der zunehmenden Orientierung des Alltags an einer vorgegebenen und strikt normierten Zeit verwandelt sich ein Fremdzwang in einen Selbstzwang (Norbert Elias) – doch bei Walsers Bankangestellten wird dieser entindividualisierende, den Zivilisationsprozeß begleitende Zwang zum Motor einer befreienden Kreativität des einzelnen – mustergültig in der Erzählung *Ein Vormittag*. Daß sich Walsers Angestellte langweilen wie die Götter im Olymp, markiert zugleich den Anfang einer literarischen Selbstbetrachtung. So heißt es etwa von Helbling: »Er schildert wieder einmal Zeit tot.« Erscheint damit das Schreiben buchstäblich als Zeitvertreib, so erweist sich, indem die Zeit selbst bzw. deren Totschlagen zum Thema wird, auch die Literatur als Zeitvertreib. Die in der rationalisierten Arbeitswelt verlustig gegangene unmittelbare Zeiterfahrung lebt in den literarischen Träumereien des Commis wieder auf.

Auch in räumlicher Hinsicht bestimmen Entgegensetzungen das Büro: Es markiert die Grenze zu einem Draußen, das höchstens via Fenster präsent ist, es steht für das Gegenteil der Natur, es ist der Ort, an den der Angestellte gebunden ist, der ihn aber gleichzeitig auch von seinen Sehnsuchtsorten träumen läßt. Es entspricht der gestischen und körperlich-peinlichen Dimension, die in Walsers Texten stets präsent ist, daß er in der Schilderung des Arbeitsalltags gerne auf die Bildlichkeit des Theaters zurückgreift. Schon im frühen Prosatext *Der Commis* erscheint das Büro als Bühne, während die dramatische Szene der zwanziger Jahre, die nochmals Walsers ganzes Angestellten-Personal der früheren Texte Revue passieren läßt, mit der Regieanweisung eingeleitet wird: »Die Bühne ist ein Büro.«

Es zeichnet Walsers Angestellte aus, daß sie eine vormoderne Individualität bewahren, die dem Aufgehen in einer anonymen Masse widerspricht, das in der soziologischen Angestellten-Literatur im Mittelpunkt steht. Walsers Angestellte sind keine Maschinen oder Automaten, sie sind vielmehr die ›Köpfe‹, die der wachsende Dienstleistungssektor kreiert. Die Identität von Walsers Commis gründet wesentlich in seiner Anstellung, durch sie ist er »ein halber Herr«, ohne sie sinkt er »zu einem linkischen, überflüssigen, lästigen Nichts herab«. Der Angestellte ist eine Figur des Verschwindens. Er ist – um mit Giorgio Agamben zu sprechen – nichts in seiner Gewöhnlichkeit und alles in seiner Potentialität. Die Geschichtslosigkeit seines monotonen Alltags kontrastiert mit der Geschichtenfülle seiner blühenden Fantasie. Aber er bleibt doch ständig von dem Verschwinden im Nichts bedroht, denn der Commis wird nach seiner Fähigkeit zu kopieren und abzuschreiben beurteilt und nicht nach dem Inhalt des Geschriebenen. Damit wird ein Wandel im Selbstverständnis des modernen Schriftstellers reflektiert, für den das Schreiben ein offener Prozeß ist und gegenüber dem abgeschlossenen literarischen Werk in den Vordergrund rückt. Diesen Sachverhalt reflektiert Walsers lapidarer Satz: »Sein Talent zu schreiben macht leicht einen Schriftsteller aus dem Commis.«

Betrachtet man Robert Walsers Büro-Texte im Überblick, so läßt sich aus ihnen fast schon eine Typologie des Angestellten bilden. Da ist auf der einen Seite die Gruppe der Pflichtbewußten. Dazu gehören der Chef Hasler, der Buchhalter und zugleich »struppige, zugespitzte Revolutionär« Senn sowie »Meier vom Land«, der die Bequemlichkeit des Stadtlebens schätzt, während der »Meier von der Stadt« von der Einfachheit des Landlebens träumt. Den Typus Streber führt Walser mit dem »Statisten« Fritz Glauser, dem »Büebli«, ein, das ganz in den »unsichtbaren und unsichtbarmachenden Regionen der Pflichterfüllung« lebt und als »Bureausystemseele« geradezu als Parodie von Nietzsches Willensmensch wirkt. Trauriges Resultat dieses Systems, gleichsam sein Schreckgespenst, ist Germer. Der hat zwar eine Lebensstelle, aber ihn macht die »Lebenspostenexistenz« körperlich und geistig krank, bis er nurmehr eine »defekte Maschine« ist.

Auf der anderen Seite bevölkern das Büro auch Künstlerfiguren wie der junge Dichter, eine »Art zweckloser Künstlernatur« namens Tanner oder Erich, die sich als Angestellte langweilen, von der Sehnsucht nach Abwechslung verzehrt werden und irgendwann den Schritt in die Freiheit des Künstlerlebens wagen. Aber auch das Leben als Angestellter ist poetisch: »Es bestand für mich eine Poesie darin, den Faulenzer zu spielen. Im Bureau war überhaupt viel Poesie.« (SW 16, 411 f.) Zwischen den Büroseelen und den Künstlernaturen und als *Alter ego* Walsers immer wieder im Zentrum steht Helbling, ein »ganz, beinahe übertrieben gewöhnlicher Mensch« ohne besondere Eigenschaften, der ungeduldig und von Langeweile geplagt in ständiger Auseinandersetzung mit der Uhrzeit seinen Träumereien nachgeht, der – eben »helblingisch« – seine Angestelltenpflichten mißachtet, seine Arbeitsscheu aber hinter einer Maske gespielter Eitelkeit zu verbergen weiß.

In der Figur Helblings ist bereits das Ideal eines ›Poetenlebens‹ angedeutet, das Walser später in dem gleichnamigen Text ausmalen wird. Den Ausgangspunkt bildet ein Nebeneinander von Schreibertätigkeit und Schriftstellerei. Doch Angestellten-Pflicht und Künstler-Freiheit, der Angestellte, der sich aus seiner Stelle in Fantasiewelten wegträumt, und der Träumer, der sich nach einem Platz im Leben sehnt, geraten zunehmend in Widerspruch zueinander. Commis und Künstler sind in Walsers Texten dialektisch aufeinander bezogen, sie sind sich gleichzeitig fremd und nah. Das Ideal des Poetenlebens vereint die Gegensätze von »Stellenbekleiden« und »Stellenpreisgeben«, Arbeit und Vergnügen, Büro und Natur, Seßhaftigkeit und »Herumwandern«, Pflichterfüllung und »Vagabundieren«, Arbeit und Gefangenschaft.

Die Auflösung dieser Gegensätze erfolgt dadurch, daß sie dem Schriftsteller zu seinem »poetischen Grund und Boden« werden. Gleichwohl bleibt im »proletarischen Poetenleben« der Bezug zum praktischen und alltäglichen Leben bestehen, wie Walser vor allem am Gegenbild des leidenden Dichters zeigt. Inbegriff dafür ist die an den Zwängen der bürgerlichen Welt zerbrechende Künstlernatur Hölderlin. Zusammenfassend läßt sich Walsers Angestellten-Typologie wie folgt umreißen: In Abgrenzung zu den beiden Extremen des kranken Angestellten (Germer) und des kranken Dichters (Hölderlin) zeichnet Walser das Ideal eines Dichter-Angestellten, dessen Poetenleben darin besteht, daß er zugleich beides und weder das eine noch das andere ist.

Walsers Angestellte denken ab und zu an Karriere und Aufstieg, werden aber auffällig oft entlassen. Bei genauerem Hinsehen zeigt sich eine Umkehrung des Herr-Knecht-Verhältnisses, das bei Walser nicht einfach einer masochistisch gefärbten Aufwertung des Dienens gleichkommt, sondern dieses Verhältnis als Kippfigur inszeniert. Während Chefs ab und an gerne Angestellte wären, bilden sich Angestellte gerne ein, Herren zu sein. Die einen würden lieber einmal dienen als befehlen, die anderen würden lieber tun, was sie wollen, als immer nur gehorchen. Damit werden im jeweiligen Wunschdenken nicht bloß die Hierarchien auf den Kopf gestellt, sondern Walser macht auch deutlich, daß sich die Existenz von Angestellten und Herren wechselseitig über den jeweils anderen konstituiert, ihr Verhältnis also kein Außen kennt. Auch der Schriftsteller erscheint bei Walser explizit als Angestellter, der sich – »angestelltenhaft« – nach der Gunst seines Herrn, des Lesers, richtet, der sich aber damit auch die Freiheit nimmt, letzterem etwas vorzuspielen.

Betrachtet man Walsers Büro unter einer eschatologischen Perspektive, so erscheint es als ein heterotopischer Durchgangsort, in dem Zeit und Raum erstarren und sich gleichzeitig auflösen – wie in einer Zelle oder in einer Klause. Es ist gerade der Versuch einer Vernichtung durch (rationale) Begrenzung, der sich dem Angestellten letztlich als Möglichkeit der Entgrenzung anbietet – im Glück des Augenblicks, in der Transzendierung des eigenen nichtigen Ichs in der Fantasie. Werden Walsers Angestellten-Figuren tatsächlich erlöst? Das Helblingsche Glück etwa liegt nicht in einem glücklichen Leben selbst, sondern in der positiven Wirkung eines Glaubens an das Glück. Negativität, das ›inhaltslose Leben‹, erscheint somit als Voraussetzung eines positiven Glücksgefühls.

Walsers Helden des Büros träumen, gleichzeitig nichts und alles zu sein. Während auf der einen Seite Melvilles Bartleby in seiner Unbestimmtheit und mit seinem »I would prefer not to« die Gesetze der modernen Arbeitswelt außer Kraft setzt und auf der anderen Seite Kafkas Figuren gegenüber der bürokratischen Allmacht der Verwaltung kapitulieren, wird bei Walsers Angestellten die Macht des Nichts-Wollens und die Ohnmacht des Nichts-Könnens in die erlösende (innere) Freiheit scheinbarer (äußerer) Anpassung transformiert: »Er gehorcht gern und widersetzt sich leicht.« Was

Walsers Männern ohne Eigenschaften punktuell zuteil wird, ist ein äußerst prekäres Glück. In ihrer Hoffnung und ihrer Potentialität sehen sie sich immerzu bedroht – vom akuten Selbstverlust in einem Lebenslauf, der jeglicher Individualität entbehrt.

Reto Sorg und Lucas Marco Gisi

TEXTNACHWEISE UND ANMERKUNGEN

Die Texte dieses Bandes sind folgenden Ausgaben entnommen:

Robert Walser: *Sämtliche Werke in Einzelausgaben*. Herausgegeben von Jochen Greven. 20 Bde. Zürich und Frankfurt: Suhrkamp Verlag 1985/86 (st; 1101-1120) [= SW].

Robert Walser: *Aus dem Bleistiftgebiet*. 6 Bde. Im Auftrag des Robert Walser-Archivs der Carl Seelig-Stiftung/Zürich entziffert und herausgegeben von Bernhard Echte und Werner Morlang. Frankfurt: Suhrkamp Verlag 1985-2000 [= AdB].

Robert Walser: *Feuer. Unbekannte Prosa und Gedichte*. Herausgegeben von Bernhard Echte. Frankfurt: Suhrkamp Verlag 2003 [= Feuer].

Im Bureau (SW 13, 7); Erstdruck 1907, in *Die Opale*. Das Gedicht ist bereits 1897/98 entstanden und wurde – als Eröffnungsgedicht – auch in Robert Walsers Band *Gedichte* aufgenommen, der 1909 im Verlag Bruno Cassirer, Berlin, erschien und von Roberts Bruder Karl Walser mit Radierungen versehen worden war.

Der Commis. Eine Art Illustration (SW 1, 49-65); Erstdruck 22. Juni 1902, im *Sonntagsblatt des Bund*; der Text wurde 1904 auch in Walsers erste Buchpublikation aufgenommen, die 1904 im Insel Verlag in Leipzig erschien: *Fritz Kocher's Aufsätze, mitgeteilt von Robert Walser*; ebenfalls mit Illustrationen von Karl Walser. Die Schreibweise »Commis« (franz. für ›Handlungsgehilfe‹; Meyers Konversations-Lexikon, 1894-1898) wird auf Walsers Wunsch für die Buchausgabe beibehalten, denn: »Es sieht mit K zu klotzig aus« (An den Insel Verlag, 27. August 1904).

Ein Vormittag (SW 2, 114-121); Erstdruck 23. September 1907, im *Simplicissimus*, später in die Sammlung *Geschichten*, 1914 im Kurt Wolff Verlag, Leipzig, aufgenommen. Die satirisch-humorvolle Anlage des Textes entspricht dem Publikationsort; dies gilt auch für die beiden Texte *Das Büebli* und *Germer*. Die Texte *Ein Vormittag, Das Büebli, Germer, Helblings Geschichte, Helbling, ⟨Die Bühne ist ein Büro⟩* beziehen sich auf Walsers Anstellung als »Gehülfe« bei der Zürcher Kantonalbank 1904 bis 1905, wie sich z. T. anhand der Angestelltennamen nachweisen läßt. Das ›Personal‹ des Bankhauses erscheint z. T. auch in zwei Textfragmenten von 1914 (SW 16, 411-413).

Das Büebli (SW 3, 121-126); Erstdruck 20. Januar 1908, im *Simplicissimus*, später in die Sammlung *Aufsätze*, 1913 im Kurt Wolff Verlag, Leipzig, aufgenommen. Der Protagonist des Prosastücks wird mit verschiedenen, meist durch den Diminutiv liebevoll entschärften Dialekt-Schimpfwörtern angesprochen: »Büebli« (Bub), »Säububli« (Saubub), »Dräckbürschli« (Drecksbursche), »Luscheib« (Lausekerl), »dä chli Hagel« (dieser kleine Kerl).

Der Gehülfe. Roman (SW 10, 7-16); Erstausgabe 1908, im Verlag Bruno Cassirer, Berlin. Abgedruckt ist der Anfang des Romans.

Germer (SW 3, 114-120); Erstdruck 28. Februar 1910, im *Simplicissimus*, später in die Sammlung *Aufsätze*, 1913 im Kurt Wolff Verlag, Leipzig, aufgenommen. »Bankkomptabilität« (›Komptabilität‹, franz. für Buchführung, Rechnungslegung; Meyers Konversations-Lexikon, 1894-1898) bezeichnet die Abteilung für Buchhaltung und Rechnungswesen der Bank.

Helblings Geschichte (SW 4, 56-72); Erstdruck 30. August 1913, im *März*, später in die Sammlung *Kleine Dichtungen*, 1914 im Kurt Wolff Verlag, Leipzig, aufgenommen.

Der Arme Mann (SW 16, 81-84); Erstdruck 6. Juni 1916, in *Die weißen Blätter* (unter dem Obertitel *Vier Bilder*).

Poetenleben (SW 6, 120-130); Erstdruck 10. Oktober 1916, in *Die weißen Blätter*, aufgenommen in die gleichnamige Sammlung, beim Verlag von Huber, Frauenfeld und Leipzig 1918.

Helbling (SW 5, 162-166); Erstdruck 1917, in Robert Walsers Sammelband *Kleine Prosa*, bei A. Francke in Bern.

Der Sekretär (SW 16, 272-274); Erstdruck 21. Oktober 1917, in *Neue Zürcher Zeitung*. Hintergrund des Textes bildet Walsers Anstellung als Sekretär der Berliner Secession 1907 durch Paul Cassirer.

Der junge Dichter (SW 16, 213-216); Erstdruck 7. August 1918, in *Neue Zürcher Zeitung*.

Erich (SW 8, 43-46); Erstdruck 1925, in Robert Walsers Sammelband *Die Rose*, bei Ernst Rowohlt in Berlin.

Acht Uhr (Feuer, 77-79); Erstdruck 2. Juni 1926, im *Berliner Börsen-Courier*.

⟨*Die Bühne ist ein Büro*⟩ (AdB 4, 341-350); aus dem Nachlaß; Mikrogramm, ca. April 1927. Der Text befindet sich auf den Mikrogrammblättern 224/II, 223a/I, 222/I, der Titel wurde von den Herausgebern hinzugefügt. Wiedergegeben wird der konstituierte Text nach AdB, ohne die Auszeichnungen editorischer Eingriffe und unsicherer Lesarten. In der Szene greift Walser Motive und Figuren auf, die ihn rund zwanzig Jahre zuvor beschäftigt haben.

Herren und Angestellte (SW 19, 195-199); Erstdruck 3. August 1928, Abendausgabe, im *Berliner Tageblatt*, auch als Mikrogramm-Entwurf überliefert (Mikrogrammblatt 433).

Aus dem Leben eines Commis (SW 19, 330-333); unveröffentlichtes Manuskript, um 1928/29, auch als Mikrogramm-Entwurf überliefert (Mikrogrammblatt 61). Der Text rekapituliert Walsers Begegnung mit Franz Blei 1898 in Zürich und die Publikation von Gedichten in der Zeitschrift *Die Insel*.

Das Krankhafte (SW 13, 223); aus dem Nachlaß, entstanden um 1930, in der Berner Heil- und Pflegeanstalt Waldau. Erstdruck in Robert Walser: *Gesammelte Werke*. Herausgegeben von Jochen Greven. Genf und Hamburg: Verlag Helmut Kossodo 1972, Bd. 11, S. 373. Die folgenden, letzten vier Zeilen des Gedichts sind im Manuskript gestrichen: »Wär' er in seiner Mißlichkeit gestorben, / so hätte er sich nicht sein Bild verdorben. / Wir leben, um nach einem Klang zu streben, / eine Bedeutung uns'rem Sein zu geben.«

Die Verkäuferin (SW 20, 183-185); Manuskript aus dem Nachlaß, entstanden vermutlich 1931/32. Erstdruck in Robert Walser: *Gesammelte Werke*. Herausgegeben von Jochen Greven. Genf und Hamburg: Verlag Helmut Kossodo 1972, Bd. 10, S. 182-184.

⟨*Lebenslauf*⟩ (SW 20, 436); handschriftlicher Lebenslauf aus der Krankenakte der Heil- und Pflegeanstalt Herisau, datiert 9. Januar 1946; Erstdruck in Robert Walser: *Gesammelte Werke*. Herausgegeben von Jochen Greven. Genf und Hamburg: Verlag Helmut Kossodo 1972, Bd. 12/1, S. 286. Für den Erstdruck war die abschließende Angabe, daß Walser ab 1929 in Heilanstalten gelebt hatte, noch weggelassen worden.

Robert Walser im Suhrkamp Verlag und im Insel Verlag

Aus dem Bleistiftgebiet. Mikrogramme 1924-1933. Sechs Bände im Schmuckschuber. Im Auftrag des Robert-Walser-Archivs der Carl-Seelig-Stiftung/Zürich neu entziffert und herausgegeben von Bernhard Echte und Werner Morlang. 2935 Seiten. Broschiert und Gebunden

Berlin gibt immer den Ton an. Kleine Prosa aus und über Berlin. Herausgegeben und mit einem Nachwort versehen von Jochen Greven. it 3212. 178 Seiten

Europas schneeige Pelzboa. Texte zur Schweiz. Herausgegeben von Bernhard Echte. Mit Abbildungen. 350 Seiten. Gebunden

Feuer. Unbekannte Texte aus drei Jahrzehnten. Herausgegeben von Bernhard Echte. Gebunden und st 3681. 142 Seiten

Fritz Kochers Aufsätze. Mit Illustrationen von Karl Walser. Mit einem Nachwort von Jochen Greven. IB 1118. 160 Seiten. it 2417. Großdruck. 185 Seiten

Der Gehülfe. Roman. st 3483. 315 Seiten

Geschwister Tanner. Roman. st 3482. 381 Seiten

Jakob von Gunten. Ein Tagebuch. BS 515. 176 Seiten. st 1111. 192 Seiten

Liebesgeschichten. Herausgegeben und mit einem Nachwort versehen von Volker Michels. st 2318. 298 Seiten und it 2897. 156 Seiten

Der Räuber. Roman. Mit einem Nachwort von Michel Mettler. Gebunden. 217 Seiten. st 3485. 229 Seiten

Robert Walser für Müßiggänger. Ausgewählt von Susanne Schaber. it 3448. 110 Seiten

Der Schnee fällt nicht hinauf. 33 Gedichte. Ausgewählt und kommentiert von Urs Allemann. it 3449. 107 Seiten

Der Spaziergang. st 1105. 288 Seiten

Tiefer Winter. Geschichten von der Weihnacht und vom Schneien. Herausgegeben und mit einem Nachwort versehen von Margit Gigerl, Livia Knüsel und Reto Sorg. it 3326. 167 Seiten

Vor Bildern. Geschichten und Gedichte. Herausgegeben von Bernhard Echte. IB 1282. 117 Seiten

Zu Robert Walser:

Dieter Borchmeyer. Robert Walser und die moderne Poetik. es 2107. 251 Seiten
Elfriede Jelinek. er nicht als er (zu, mit Robert Walser). Ein Stück. st 3726. 64 Seiten
Robert Mächler. Das Leben Robert Walsers. Eine dokumentarische Biographie. Mit Abbildungen. st 3486. 274 Seiten
Robert Walser. Sein Leben in Bildern und Texten. Herausgegeben und gestaltet von Bernhard Echte. 511 Seiten. Gebunden
Carl Seelig. Wanderungen mit Robert Walser. BS 554. 200 Seiten

**Robert Gernhardt präsentiert
Joachim Ringelnatz**

»Ringelnatz vereinigt zwischen zwei Buchdeckeln, was immer ihm in einem bestimmten Zeitraum bedichtens- und berichtenswert erschien: Belachbares, Besinnliches, Bedenkenswertes, Bedenkliches und Bedenkenloses.« *Robert Gernhardt*

Eine vergnügliche Auswahl, die nicht nur die Klassiker aus Ringelnatz' Werk versammelt, sondern auch einlädt, Neues und Überraschendes zu entdecken, herrlich illustriert von Robert Gernhardt.

Joachim Ringelnatz, Warten auf den Bumerang. Gedichte
Ausgewählt und illustriert von Robert Gernhardt. insel taschenbuch
4072. 96 Seiten

*»Und jedem Anfang wohnt ein Zauber inne,
der uns beschützt und der uns hilft zu leben.«*

»Bei Hermann Hesse fühle ich mich zu Hause. Seine Vorstellung vom eigenen Weg – das kam bei mir schon früh an. Keinem anderen Schriftsteller fühle ich mich so verbunden.« *Udo Lindenberg*

Hermann Hesse war ein Suchender. Sein großes dichterisches Werk, für das er 1946 den Nobelpreis erhielt, legt Zeugnis davon ab. Immer neue Leser in aller Welt lassen sich von seinen Gedichten faszinieren.
Dieser Band versammelt viele der schönsten und beliebtesten Gedichte von Hermann Hesse. Die vorliegende Auswahl wurde von ihm selbst, ein Jahr vor seinem Tod, zusammengestellt.

Hermann Hesse, Stufen. Ausgewählte Gedichte
insel taschenbuch 4047. Etwa 250 Seiten

»Kleists Erzählsprache ist etwas absolut Singuläres.« Thomas Mann

Heinrich von Kleists Erzählwerk besteht aus acht Novellen, die einen ersten und großen Höhepunkt dieser Literaturgattung darstellen. Ihre Faszination ist bis heute ungebrochen.
Dieser Band versammelt sämtliche Erzählungen in einem Band, in zuverlässiger Edition: *Michael Kohlhaas, Die Marquise von O...., Das Erdbeben in Chili, Die Verlobung in St. Domingo, Das Bettelweib von Locarno, Der Findling, Die heilige Cäcilie* und *Der Zweikampf.*

Heinrich von Kleist, Im Taumel wunderbar verwirrter Sinne
Sämtliche Erzählungen. insel taschenbuch 4036. 330 Seiten

Für alle, die Fernweh haben ...

Jeder braucht seinen Süden erzählt von der Sehnsucht nach dem irdischen Paradies, nach der Wärme, nach dem ultimativen Lebensgefühl. Es kann ein bestimmter Flecken Erde sein, Sizilien zum Beispiel, ein Kloster in Spanien, die Welt eines Dichters, die Farben eines Malers, die Kompositionen eines Musikers, Gerüche und Geräusche, das Große oder Kleine, in dem man sich zu Hause fühlt.

»Mit Sätzen, die auf der Zunge zergehen wie Zitronensorbet.« *JazzZeit*

Iso Camartin, Jeder braucht seinen Süden
insel taschenbuch 4017. 147 Seiten

Eine Liebeserklärung an Spanien

Jedes Jahr im Juli landet Cees Nooteboom auf den Balearen – und bringt von dort Geschichten mit, über die Insel und über das Land. Er erzählt von Don Miguel, dem 87 Jahre alten Postboten, von einem Mädchen namens »Schnee« und einem anderen, das »Liebe« heißt. Er betrachtet das Land und dessen Menschen mit Zuneigung, wissend, daß er nur ein Passant ist, einer aber, der sagen kann: »Ich liebe Spanien.«

»Wer Nooteboom liest, wird erleuchtet.« *Ulrich Greiner, Die Zeit*

Cees Nooteboom, Die Insel, das Land. Geschichten über Spanien
Aus dem Niederländischen von Helga von Beuningen. insel taschenbuch 4024. 119 Seiten

BARBARA BEUYS
SOPHIE SCHOLL
BIOGRAFIE

Das wahre Leben der Sophie Scholl

Von einer behüteten Kindheit über die Jahre beim BDM bis hin zur mutigen Widerstandskämpferin der *Weißen Rose* – die erste umfassende Darstellung des widersprüchlichen Lebens von Sophie Scholl.
Sophie Scholl ist eine der bekanntesten und gleichzeitig mythenumwobensten Figuren des Widerstandes. Barbara Beuys strickt jedoch nicht weiter am Mythos, sondern nähert sich Scholl von einer anderen Seite. Anhand einer Fülle neu gesichteter Dokumente widmet sie sich besonders der Zeit vor dem Widerstand. Sie entwirft ein menschliches Porträt, das Widersprüche und Spannungen offenlegt. Sie erzählt von Scholls Kindheit, ihrer Familie, ihrer Entwicklung hin zur kritisch denkenden Philosophiestudentin – und läßt so das wahre Bild der Sophie Scholl hinter der Legende sichtbar werden.

»Ein atemberaubendes, erschütternd bewegendes Buch.«
Nürnberger Zeitung

»Diese Sophie-Scholl-Biografie ist ein Ereignis: Sie ist nicht nur glänzend geschrieben, sondern öffnet auch neue Zugänge zum Verständnis der Widerstandskämpferin.« *Volker Ullrich, Die Zeit*

Barbara Beuys, Sophie Scholl. Biografie
insel taschenbuch 4049. Etwa 580 Seiten

Jack Kerouac, Lebendiger Buddha

Erstmals auf deutsch: die neu entdeckte Buddha-Biographie von Jack Kerouac.

Jack Kerouac, Idol der Beat Generation, war zeit seines Lebens fasziniert vom Buddhismus. In *Lebendiger Buddha* erzählt er nicht nur das Leben und die Wandlung des Prinzen Siddhartha Gautama zum Buddha, sondern schreibt gleichzeitig eine faszinierende Einführung in die buddhistische Lehre, über den Weg zur Erleuchtung.
Lebendiger Buddha ist das amerikanische Pendant zu Hermann Hesses *Siddhartha*.

Jack Kerouac, Lebendiger Buddha
Aus dem Amerikanischen übertragen und mit einer Einführung versehen von Ursula Gräfe. insel taschenbuch 4006. Etwa 220 Seiten

Ungeduld des Herzens

Die junge Spanierin Inés Suárez wagt sich an der Seite des charismatischen Feldherrn Pedro de Valdivia an die Eroberung Chiles. Mut und Leidenschaft sind ihre herausragenden Eigenschaften, auch wenn es darum geht, ihre Liebe zu verteidigen und ihren eigenen Weg zu gehen.

»Ein Epos – und was für eines!« *Tages-Anzeiger*

»Eine der spannendsten Frauen der spanischen Geschichte und ein hinreißender Roman.« *Brigitte Woman*

Isabel Allende, Inés meines Herzens. Aus dem Spanischen von Svenja Becker. insel taschenbuch 4004. 394 Seiten

»**Rundum das, was man einen wunderbaren Schmöker nennt.**«
Elke Heidenreich

Als der junge Daniel den geheimnisvollen »Friedhof der Bücher« betritt, ahnt er nicht, daß sein Leben eine dramatische Wende nehmen wird. *Der Schatten des Windes*, das Buch, das er für sich auswählen darf, wird ihn nicht mehr loslassen. Immer mehr taucht er in die Handlung des Romans ein, und auch sein eigenes Leben scheint sich den Gesetzen dieser Geschichte zu unterwerfen …

»Sie werden alles liegenlassen und die Nacht durch lesen!«
Joschka Fischer

»Zafón erzählt farbig, intensiv und so lebendig, dass seine Figuren neben uns zu stehen scheinen. Um uns leise ins Ohr zu flüstern, dass gleich ein neuer Schicksalsschlag Daniels Leben verändern und ihn Schritt für Schritt erwachsen machen wird. Man vertieft sich in dieses Buch, vergisst die Welt um sich herum und taucht mit Haut und Haaren ein in Zafóns wunderbares Labyrinth.«
Radio Bremen

Carlos Ruiz Zafón, Der Schatten des Windes. Roman. Aus dem Spanischen von Peter Schwaar. insel taschenbuch 4013. 562 Seiten

»**Herzzerreißend schön.**« *Vogue*

Im Jahr 1922 wandert der junge Metzgermeister Fidelis Waldvogel nach Amerika aus, um dort sein Glück zu suchen – im Gepäck einen Koffer voller Würste, mit deren Verkauf er die Reise in die Neue Welt finanziert. In Argus, North Dakota, gründet er ein Geschäft, eine Familie und einen Gesangverein. Aber erst als Fidelis und seine Frau Eva der Artistin Delphine begegnen, beginnt ihr amerikanisches Abenteuer.

»Eine fast im Flüsterton erzählte Geschichte voller kleiner und großer Gefühle. Was folgt, wird sie süchtig machen … ein Meisterwerk.«
Cosmopolitan

Louise Erdrich, Der Club der singenden Metzger
Roman. Aus dem Amerikanischen von Renate Orth-Guttmann.
insel taschenbuch 4014. 503 Seiten

Eine Geschichte von Abenteuerlust und weiblichem Freiheitsdrang.

Ein Neuanfang sollte es werden, als Harriet und Joseph Blackstone von England nach Neuseeland aufbrachen. Von einem Leben in Wohlstand träumten sie, aber als Joseph im Fluss neben seinem Haus einen Schimmer von Gold entdeckt, kennt er nur noch ein Ziel. Er lässt Harriet und seine Mutter zurück und macht sich auf zu den Goldfeldern, zusammen mit vielen anderen Glückssuchern. Auf der Suche nach ihrem Mann reist Harriet ihrem eigenen Traum entgegen.

»Rose Tremain schreibt die besten historischen Romane unserer Zeit.«
Evening Standard

Rose Tremain, Die Farbe der Träume. Roman
Aus dem Englischen von Christel Dormagen. insel taschenbuch 4002.
459 Seiten